古玩人生

之九 鬥寶大賽【大結局】

鬼徒／著

古玩人生之九 鬥寶大賽【大結局】

目錄

第一章

捲葉紋花瓶

賈似道感慨自己的特殊感知能力
對於瓷器一類沒有多少判斷力的時候，
感知出來的瓶子的形態竟然逐漸模糊起來，
賈似道感覺瓶子的胎質就像是融化了一般。
莫非這玩意兒是做舊的？

沒過多長時間，龔老闆就一邊說著「抱歉」，一邊走了過來。在他的手裏，捧著一包報紙，裏面應該包裹著一件瓷器。

按照賈似道的要求，龔老闆拿出來的，首先肯定不會是什麼重器，此外，在品相上也一定不會過於完美。要不然，龔老闆應該早就把東西出手了。

至於賈似道為什麼要選擇一些留存時間比較長的，還沒有交易出去的瓷器來收藏，那也是因為賈似道存了想要收點別致的小玩意兒的心思。

如果太過大眾化的東西，說不定，哪怕就是品相稍微有些瑕疵的，別人也會收了過去呢。當然，剛才阿三興沖沖地過來，詭異地一笑，讚揚賈似道提出來的要求比較合理，也是對的。

不是說賈似道真的收不起精品瓷器，畢竟這是他第一次和「慈雲齋」做生意，賈似道想著，自然是能交易成功要比空手而歸的好，而能儘快交易的，要比隔三差五地磨出來的交易要好。

總而言之，就是先互相給對方留下一個好印象。

如此一來，賈似道推脫說自己的翡翠店鋪開業在即，騰不出太大筆的資金，也是在情理之中的事情。

以龔老闆的精明，肯定能夠明白，賈似道是不準備花大價錢來完成第一筆交易的。要是真有什麼好瓷器的話，可以在往後的日子裏，慢慢地進行鑒定和選擇。

再說，賈似道總是感覺到自己在翡翠一行裏頗為得心應手，而在瓷器收藏方面，雖然屢屢有不錯的收穫，但歸根結底還是一個新手不是？

當然，這樣的想法賈似道是絕對不會說出來的。要不然，阿三這個老手，恐怕會對賈似道在瓷器收藏上的運氣羨慕到吐血吧？

隨著龔老闆緩慢地打開外面包裹著的報紙，一只鬥彩的卷葉紋瓶逐漸展現在幾個人眼前。

賈似道注意到，王叔在看到這件東西的時候，只瞥了一眼之後就不再看了，還頗有些了然於胸的感覺。很明顯，這件東西他不是很早以前就見識過，就是感覺到龔老闆挖了個小坑，在試探賈似道的眼力。

賈似道不由得立馬提起了精神，仔細察看起來。

整只鬥彩捲葉紋瓶的胎釉比較細膩，看上去比較白，沒有米黃色的感覺，胎體則比較輕薄，透明度很高，賈似道把這只瓶子提拎起來，迎著燈光仰視，幾乎可以見到胎體中透出來的淡淡肉紅色。

此外，瓶子表面的釉質也是白潤如凝脂，給人非常細膩溫潤的感覺，賈似道回想了一下，這正是典型的明代成化官窯「如脂似玉」的釉色特徵。

「龔老闆今天似乎跟明代較上勁了啊。」趁著賈似道在鑒定的時候，邊上的阿三卻和龔老闆隨意地聊了起來。剛才那件宣德爐是明仿的，這會兒出現的鬥彩捲葉紋瓶子也是明代的，也難怪阿三會有此一問了。

「明代的東西好啊。」龔老闆也不去在意賈似道的觀賞鑒定動作，而是接著阿三的詢問，淡淡地笑道：「明代的東西至少比較值錢。」

如果是一般人這麼說出來，恐怕會讓人感覺到商人的銅臭味。但是，龔老闆在說這話的時候，卻顯得風輕雲淡，似乎明代的東西的確就是值錢的。

阿三不得不承認，很多時候，只有像龔老闆或者自己的二爺爺這樣的大行家身上，才會展現出這麼一種風采吧？

「明代的好東西是比較值錢的。不過，這件東西可就不好說了。」邊上的王叔，似乎也是和阿三有同樣的感觸，這個時候插口說道：「這件鬥彩捲葉紋瓶，我以前就看過不下三次，上面的那一道環形沖，實在是讓人無奈啊，真是可惜了。」

所謂沖口，就是有殘損的地方。

「聽王叔你這麼一提醒，小賈，你聽到了沒？」阿三對賈似道稍微提高了一下聲音，說道：「察看的時候可要仔細一點啊。既然都有沖口了，我琢磨著，這件東西說不定就是龔老闆在哪個地攤小販那邊收過來的呢。」

「瞎說！」說起這件東西的來歷，龔老闆卻非常嚴肅：「這只明成化鬥彩捲葉紋的瓶子，在我手裏已經留了將近十個年頭了。要不是這次小賈第一次前來，而我在樓上的時候，又忽然看到它恰好符合小賈的要求，我還真沒準備把它給拿下來呢。」

「這是在你手裏壓了近十年的東西？」這下卻輪到阿三有點驚訝了。要知道，以「慈雲齋」瓷器的流動性而言，一件瓷器能壓上近十年，著實算是一件了不得的事情了。要不是真的是一件非常好的東西的話，那就絕對是贗品了。

轉而聯想到王叔也察看過這件鬥彩捲葉紋瓶，卻沒有收下來，阿三看著龔老闆的眼神，忽然變得有幾分怪異，嘴裏則在嘀咕著：「即便是收藏了十年的東西，難道就不能是你在十年前從古玩地攤上收過來的嗎？」

「好吧，你小子看來是在故意找碴的了。不說點真東西，你是不會甘休的。」龔老闆很明白阿三的糾纏勁兒，當即也不再多解釋，示意阿三安靜一下，等待賈似道鑒定完畢之後，再說說這件東西的來歷，以及為什麼會留存在「慈雲齋」裏近十年。

要知道，一般的瓷器店鋪，能被壓上十來年的東西可不會太多，甚至於很多瓷器店的歷史都只有十來年呢。

不過，阿三倒是覺得，可能王叔所說的那個「沖」，才是最為主要的原因吧。

而茶几邊上的賈似道雖然是在專心地鑒定這件瓷器，耳朵可沒閑著，阿三和龔老闆的對話以及王叔的提醒，他都是聽在耳中，記在心裏。

在察看著這件鬥彩捲葉紋瓶子的時候，賈似道最初的想法，只是把自己看到的和自己印象中的明成化鬥彩瓷器進行比對，隱隱覺得眼前這件瓷器，至少在風格上，是非常符合那個時代的特點的。

這麼一來，對於這件瓷器，賈似道也就頗有點愛不釋手的感覺了。

不過，讓賈似道感覺到有些遺憾的是，正如王叔所說的那樣，這件具他地方都比較精美的瓷器，卻有一個致命的缺點，那就是在瓶身上有一處「環形沖」。哪怕就是賈似道對於修瓷的技藝一點兒也不瞭解，但好歹家裏已經有兩件殘碎的瓷器了，賈似道多少也找過一些資料。

像眼前這種瓶身上出現「環形沖」的瓷器，修補起來是非常困難的。當然，這裏指的是想要修復得跟沒有殘損過一樣，要是只是簡單的修補，不用去管瓷器本身的價值、藝術、釉色之類的話，那就另當別論了。

只是，即便如此，賈似道對這麼一件瓷器，還是感到有些喜歡的。他輕輕地用左手在瓷器的底部撫摸著，沒有絲毫粗糙之感，用目光去打量，可以看到，整個底部為有些顯黃褐色的砂底，質地很細膩，也就是俗稱的「米糊底」，就跟白米燒糊了的樣子非常相像。這算是明成化官窯中的青花所特有的風格了。

在賈似道的記憶中，明代成化官窯中的青花瓷器，尤其是大件的，並不多見。這件器形算得上是比較大的鬥彩捲葉紋瓶，堪稱是一件明代瓷器中的珍品了。

對著那一道沖口，微微歎息了一聲，賈似道轉而平復了一下自己的情緒，詢問起龔老闆：「這個瓶子多少錢？」

龔老闆聞言，眼睛頓時就是一亮。這種眼神變化，光是今天下午，僅僅是在這個會客室裏就已經出現過一次了，那會兒，和阿三的交易也是比較完美地完成了。這一次和賈似道的交易呢？

龔老闆很俐落地伸出了一隻手，正反面地翻了一下，示意了十萬的價格，說道：「看上去，小賈你應該是對這件瓷器的年代沒什麼疑問了，所以，你也知道，這東西值這個價錢。」

「太貴了一些。」不管怎麼樣吧，第一句話，賈似道肯定是要這麼說的，總不能第一句話就說「好吧，我買下了」，那也顯得太隨意了一些，而且容易給龔老闆造成自己這件瓷器出手價格太低了的感覺。要是下次還有機會做生意的話，說不定龔老闆就直接把東西給開到天價了呢。

「已經算是市場上的價格了。」龔老闆考慮著說辭，說道：「如果我這邊願意低價出手的話，你覺得這件瓷器，哪怕就是它的表面上是帶著沖口，會在『慈雲齋』存放了近十年時間嗎？」

賈似道的神情不由得就是為之一凜。這就是家大業大、名聲在外的好處啊。只要一抬出「慈雲齋」，賈似道在龔老闆的面前，似乎氣勢就平白弱了幾分一樣。賈似道這個時候在心中竟然還有閒情遐想著，待到以後自己的「綠肥紅瘦」名氣大了，當自己和別人交易的時候，是不是也可以運用這種手段呢？

不過，賈似道這邊倒是心裏想得美滋滋的，龔老闆那邊心裏卻感到有些懸了，在他說了「慈雲齋」之後，怎麼賈似道的表現這麼平淡呢？莫非正如阿三所說的，賈似道還真的就是一個收藏行的新手？

在龔老闆想來，恐怕也只有瓷器收藏方面的新手，才會對他的「慈雲齋」表現出無所謂的態度吧？

不然的話，任何一個行裏人，聽到這樣一個名頭之後，尤其是喜歡瓷器收藏的，斷然不太可能會心情平靜得不起絲毫波瀾。

龔老闆仔細地瞅了賈似道一眼，賈似道臉上那種由內而外流露出來的會心感覺，還是非常明顯的，龔老闆不由得停頓下來，稍微考慮了一下措辭，說道：「不過，小賈你是第一次到『慈雲齋』來收東西，第一筆生意，不說賺錢不賺錢的，先混個熟門熟路就可以了。所以，你要是真的喜歡這件東西，又打算收下的話，我就和阿三一樣，給你打個八五折，怎麼樣？」

「八五折？」賈似道心裏嘀咕，那就是八萬五啊，雖然在賈似道看來，這些錢算不上多，不過，有了剛才的經驗，賈似道發現，即便是龔老闆這樣的老商家，也是存在一些砍價還價的空子可以鑽的。

於是，賈似道指了指茶几上的鬥彩捲葉紋瓶子，說道：「龔老闆，這麼跟你說吧，我對於瓷器還真不是太瞭解。明成化的東西投放到現在的市場上，究竟是什麼樣的價格，我也不清楚。不過，這件東西還真是挺漂亮的，我看著也比較喜歡。只是，你自己也可以看看，瓶子上裂的這一處環形沖，就好比一個容貌豔麗的年輕女子，在她吹彈可破的俏臉上非常顯眼的位置，竟然出現了一道疤，暫且不管這個女子的身材如何婀娜，皮膚如何白皙，我們看著也會感到大煞風景的……你說是不是？」

賈似道的話剛一說完，龔老闆這邊還沒有回答呢，邊上的阿三倒是率先鼓起掌來：「小賈，還真沒看出來，你小子竟然還有當作家的天賦。說不定你不玩翡翠了，改行去寫作，也能混出一點名堂來呢。」

「一般一般。」賈似道謙虛了幾句，「我在看著這件瓷器的時候，還真就是這麼個感覺。龔老闆，你說呢？」

「就衝著你這話說得漂亮，我就給你這個數吧。」龔老闆倒也乾脆，直接比劃了一個八的數字，一句話，就值得五千的價格，龔老闆也算是很給賈似道面子了：「以這樣的價格，要是同樣的東西，在臨海古玩街這一帶，是絕無可能的了。」

「同樣的東西？」賈似道面帶微笑，「要是有同樣的東西，那我還用在這裏收下龔老闆你這件瓷器做什麼？」

那話裏潛在的意思，這樣的明成化鬥彩捲葉紋瓶子，要是還有相同的，又是出現在同一個地方，不用想也知道，有很大可能是做舊的了。

龔老闆聞言，也是訕訕一笑，似乎是感到自己的話說得有些過了。

「不過，小賈你還真的可以放心，這件東西在品相上，我沒有辦法保證。但是在年代上，那是絕對不會出問題的。」龔老闆似乎是為了挽回一點顏面，解釋道：「剛才阿三也問了，我這件東西是怎麼來的。」

「這方面，我倒是可以說一說。」王叔這個時候，看到賈似道和龔老闆之間的交易似乎即將談妥，兩個人又說到了這件鬥彩瓷器的來歷，便插口說道：「小賈，你也知道，我跟老龔年輕的時候就認識，那會兒出去收古玩瓷器的次數多了，就遇到了這件瓷器。」

「哦，該不是真的被我說中了，是在古玩地攤上收的吧？」阿三玩味著說道。

「那倒不是。」王叔解釋道，「如果我沒記錯的話，應該是從一戶人家裏收上來的。聽那家人說是祖傳的，不過其實也沒有多少輩的時間。」

「莫非這裏面，還有什麼特別的故事？」阿三一見王叔的架勢似乎是要開講了，心裏就是下意識地一跳。在古玩街這邊，但凡是混跡了一些時日的，沒有誰是不會說故事的。

而且，每個人說出來的故事都還挺感人的。就連阿三自己，也能在短時間內一邊說著前半段故事，一邊編出下半段故事呢。如果時間允許的話，讓阿三一個人說個三天三夜也不成問題。

不過，這會兒是龔老闆的「慈雲齋」出售東西，反而是由王叔講故事，倒是比較新鮮。

「你小子愛信不信。」王叔嗔怪地看了阿三一眼，「說起這件鬥彩捲葉紋瓶的來歷，在傳到那戶人家之前，其實還經歷了不少事件。時間也要追溯到一九二六年，在當時的琉璃廠一帶，有個叫馮海濤的古董商，他花一千大洋收下了這件明成化鬥彩捲葉紋花瓶。因為年代比較早，那會兒收藏的價格並不是很高，他就琢磨著，這東西要是賣給外國人，一定能賣個好價錢。於是，他就帶著這只瓶子，到了當時號稱是『冒險家樂園』的十里洋場大上海。他四處尋找門路聯繫買家，最後托人找到了法國大使館的領事亨利先生。只不過，馮海濤的運氣不是很好，交易那一天，他一激動，失手將這瓶子掉到了地毯上，結果就留下了這個環形沖口。亨利一看瓶子上出現的這個環形沖口非常礙眼，當場就表示不要了。馮海濤只能遺憾地離開了上海。不過，在回去之前，他還是以一塊大洋的價格，把手中殘損了的這件鬥彩捲葉紋花瓶，賤賣給了一個做古董生意的小販。」

「然後，這個小販感到這件東西比較難出手，就把它給留了下來，傳給了後代？」阿三接著問道。

「你覺得呢？」王叔很無語地看了阿三一眼，似乎阿三到了這會兒也沒有相信他剛才所說的故事是真實的啊。

「我感覺，要是我是那個做古董生意的小販的話，還真就把它給傳下去了。」阿三煞有其事地說，「不過，在此之前，我應該會找個修補瓷器的高手，把這件東西修補一下吧。」

「呵呵，那是你阿三，而不是古董小販。」龔老闆笑呵呵地說，「人家當時可是轉手就把這件瓷器給賣了。之後又輾轉了幾回，終於到了那個住戶的祖輩手裏，這件瓷器才免去了再度流轉的命運，直到九年前，我和小王一起去到那戶人家裏，把這件瓷器給收了過來。」

「那還不是跟沒說一樣。」阿三有些無奈地搖了搖頭。這樣的故事，壓根兒就沒有一點兒證據。

古董商人嘴裏的故事，就跟野史一樣。

你要是相信，那就是真的。你要是不信，那就是假的。

如果這件明成化鬥彩捲葉紋瓶子，真有這麼一段經歷的話，只要當時的法國領事亨利留下一點資料，比如日記什麼的，估計這會兒這件東西的價值，可就不是幾萬塊錢了。說不定，龔老闆自己就收藏了呢。

「小賈，這件東西的來歷，你也算是清楚了。具體的真偽，還是需要你自己來判斷的。」龔老闆說道，「從你看這件瓷器的手法來看，小賈你說自己是個新手，可有點兒不太老實哦。」

「我都是跟阿三學的。」賈似道解釋了一句，「不過，我還是要謝謝王叔說了一個這麼曲折的故事。至少，它讓我多了許多遐想，不是嗎？對了，龔老闆，八萬塊錢的價格，是不是最低了啊？」

賈似道猶疑著，轉而湊到茶几的邊上，繼續把玩起這件瓷器來。尤為重要的是，賈似道的視線總是在瓶子身上那個沖口一帶來回移動著，似乎是擺明了告訴龔老闆，此時他正在猶豫著該不該出手呢？

「呵呵，八萬塊錢的價格，還真的是不高啊。」龔老闆朝著王叔那邊微微示意了一下，說道：「小王可是知道的，要是這件東西低於八萬的話，早兩年就出手了。而兩年前的八萬塊，跟現在的八萬塊……」

龔老闆不說，賈似道也能明白過來，考慮到通貨膨脹的因素，這會兒龔老闆給出的價格已經是比較低的了。

賈似道心裏一歎，琢磨著再怎麼「磨」下去，估計也是沒有什麼價格可說的了。

不過，正當賈似道準備答應下來的時候，賈似道的左手卻鬼使神差的，在把玩這件明成化鬥彩捲葉紋花瓶的過程中，往瓶子的內部滲入了一些自己的精神力，於是，在賈似道的腦海中，驀然浮現出一個瓶子的輪廓來。

而漸漸的，就在賈似道感慨著自己的特殊感知能力對於瓷器一類東西沒有多少判斷力的時候，感知出來的瓶子的形態竟然逐漸模糊起來，像是多了幾分黏性，使得整個瓶子的胎質，給賈似道的感覺就像是融化了一般。

莫非這玩意兒是做舊的？

要知道，不管是現代瓷器也好，古代瓷器也罷，質地上的差別並不是很大。賈似道能通過自己不斷感應古代某個年代的瓷器，從而大致確認這件瓷器是不是新仿的。

此外，即便是使用了特殊感知能力，也很難再有什麼其他收穫了。他無非可以很清楚地知道，一件瓷器是不是完整器型。要說檢測一件瓷器有沒有修補過的話，賈似道的特殊感知能力，就好比是在感應翡翠原石中的翡翠料子是不是存在著綹一樣，簡單快捷，並且十分準確。

收回自己左手上的特殊感知力，賈似道整理了一下自己的情緒，考慮到特殊感知能力在瓷器的運用上還是比較弱的，只能作為輔助手段，主要還是需要靠自己的眼力，如此一來，這件明成化鬥彩捲葉紋花瓶，賈似道還是準備把它給收下來。

不管是不是龔老闆和王叔兩個人一起挖的一個坑吧，賈似道都準備跳下去了。

賈似道和阿三互相遞了一個眼神。既然龔老闆在明知道阿三在的情況下，還拿出了這麼一件瓷器來，想必這個時候，即便是讓阿三幫忙鑒定一下，也是不會有什麼出人意料的結果的，賈似道也就免去了這個過程，直接允諾了下來。

畢竟龔老闆很清楚賈似道的身分，要是第一次的交易就弄得太過尷尬的話，賈似道琢磨著，龔老闆也不用想以後再和自己做生意了吧？設身處地想一想，賈似道忽然覺得，以龔老闆和自己的身分而言，這種幾萬塊錢的交易，還真不需要太過計較地對待。

如此一來，賈似道便讓阿三一個人留在這邊，自己去到街角的銀行取了錢款出來，連帶著阿三的宣德爐一起付了錢。

之後店裏的氣氛，無疑就融洽了很多。龔老闆還講起了一些他年輕時候去全國各地收古玩的故事。只不過，說著說著，很快就又說到了這件鬥彩捲葉紋花瓶上面。似乎大多數的收藏愛好者，都有這麼一個問題。只要是自己經手過的，不是那種轉身就出手的東西，在自己的身邊留的時間久了，就會有了些許感情。

如果這會兒讓賈似道把自己家中收藏的諸如清宮五件這樣的瓷器給賣出去，賈似道少不得也會猶豫一下的。所以，儘管龔老闆是一位大商人，做的就是瓷器上的生意，這會兒他對於這件鬥彩捲葉紋花瓶，也多看了幾眼。

「小賈啊，我看你也是個實在人，剛才的交易，咱也沒有用什麼心眼兒，不過，我還是有一點情況沒有跟你說明。」龔老闆咂吧了幾下嘴巴，「這麼跟你說吧。我已經提醒過你了。這件東西在我的手上，可是留了近十年的。」

「嗯。」賈似道點了點頭。

「所以說，這花瓶你要是自己留著賞玩，倒是個不錯的東西。而且，明代成化鬥彩的釉色，也是非常有特色的。」龔老闆接著說道，「不過，要是想要修復它，轉而再次出手的話，卻大可不必費那個心思了。」

「為什麼呢？」阿三有些奇怪地問道，「即便是自己收藏，修補過後也應該更有收藏意義啊。」

「不瞞你們說，我當初也是這麼想的。」龔老闆回憶道，「我們這些本身就比較喜歡瓷器的人，在瓷器的修補上，多少都會懂得一點吧？這麼多年了，為了修復它，我可是沒少花費力氣，也曾找過行裏許多修復古瓷的高手、大師，可都沒有人敢接這活兒。不是沒把握，就是價錢划不來。」

「沒把握，我倒是可以理解，這價錢划不來，是什麼意思？」賈似道疑惑地問道，「莫非是修補所花費的價錢，遠遠超過這件瓷器本身的價值？」

「差不多吧。」龔老闆打了個比方，「要是這件瓷器現在值個十萬八萬的，需要你花費十萬去修補，但是，修補之後，它的價值也就是二十萬，你還會去修補它嗎？」

「那我還真的是需要考慮考慮。」賈似道摸了摸鼻子，有些不知說什麼了。與此同時，賈似道也感慨著，幸虧自己原本打算就是收藏這件東西，而不是轉手倒賣。再說，賈似道的家中至今還有兩件需要修補的瓷器呢，這會兒倒好，又收了一件殘損的。

告別了龔老闆，從「慈雲齋」裏出來，古玩街這邊的街道上依舊有著不少人。賈似道和阿三卻沒有了再去其他店鋪裏閒逛的心思，各自拿著自己收上來的東西，該幹什麼就幹什麼去了。臨了，阿三還跟賈似道說了一聲，賈似道墊付的錢，需要等上一陣子他才能還得上呢。

第二章

物盡其用原則

在翡翠的雕刻上，都是本著物盡其用的原則。
一塊大的料子，絕對不是把它剖開來，
而是直接雕刻成一個大的擺件。
當然，前提是，這塊大料子品質要上乘。
要不然，都是垃圾廢料的話，
整塊雕刻和剖開來，差別也不大。

時間悄然流逝，到了國慶，賈似道唯一要做的，就是迎接自己的翡翠店鋪開業。因為是在週三，古玩街這邊的客流量並不是很大，賈似道事前也沒有特別宣傳過。

只要是行內的人，能知道的肯定都已經知道了。至於那些喜歡翡翠收藏的客戶，那就不是賈似道能夠照顧到的了。

賈似道開這家「綠肥紅瘦」翡翠店鋪，為的就是長遠打算，暫時的人氣啊、利益啊，他都不會太過在意。

賈似道的母親倒是成了最忙碌的一個人。不說開業之前的一些整理吧，昨晚賈似道和母親可是還忙了一晚上呢。而且，接下來就需要母親收銀了，賈似道提醒過她，今天的營業額可是絕對不會少的。

不管怎麼說，賈似道認識的人裏，就像從北方趕過來的王彪、從廣東過來的劉宇飛，可都不會空手而歸的，在賈似道的店鋪裏意思一下，那是少不了的。而以他們的眼光，難道還能挑最便宜的那種？

此外，紀嫣然、李詩韻這兩個賈似道所期待的女子，也適時地到來祝賀。幾天前，賈似道就給她們打過電話了，本來賈似道還打算親自去杭州那邊接李詩韻過來呢。不過，母親的到來以及最後幾天的忙碌，倒是讓賈似道的這個想法變得有心無力了。

好在李詩韻在電話中很理解地說道：「到時候我就自己過去好了。這店鋪的開業，你要忙的事情可多著呢。」

賈似道這才驀然想起，李詩韻也是「詩韻珠寶」的老闆。真要比起來，李詩韻都算是賈似道的前輩了。說話間，李詩韻也給了賈似道不少建議。比如，不管是不是迷信吧，在開業前一天，賈似道還是需要注意很多事情的。

尤其做翡翠生意，不說弄得跟一些賭石行家在賭石、切石之前那樣焚香沐浴吃齋，卻也不能草草了事。於是乎，在開業前一天，白天的時候，賈似道就在忙著把所有準備好的翡翠成品給陳列出來，隨後又反覆打量著自己的店鋪，感覺一切就緒了，才放下心來。

而翡翠店鋪開業期間，讓賈似道最為欣喜的，還不是李詩韻和紀嫣然兩位美女的到來，哪怕就是隨後周莎也前來祝賀了，賈似道都沒有表現得很激動的樣子，只是親自接待了一下，就算是招呼過了。

其他的人，諸如「慈雲齋」的龔老闆等同行，前來道賀的也不少，哪怕本人沒有前來的，也會讓人捎一份祝賀的心意過來。而像是「周記」的周大叔、阿麗，以及阿三、康建這樣熟悉的朋友，趕來的就不必說了。甚至，就連老楊、小六子這樣的不是行裏的人，也一一過來祝賀。

忽然，母親拉了賈似道一把，示意了一下人群中，賈似道驀然間看到一個熟悉的身影，那才是發自內心的欣喜。

「老爸，你怎麼來了？」

賈似道不是沒有想過在自己的翡翠店鋪開業，找自己的父親過來。只不過，在電話中和父親提過後，父親並沒有馬上答應下來。賈似道琢磨著，以父親的性子，說不定對於賈似道開個翡翠店鋪並不是很贊同呢。尤其是對於賈似道竟然和家裏說都不說一聲，就很乾脆地辭職了，還有點介懷吧。

畢竟，原先的那個單位，也是父親跑了關係才幫賈似道給弄進去的。這會兒，賈似道卻一句解釋都沒有，直接辭職了。要說父親心中沒有一點疙瘩，那是打死賈似道也不會相信的。於是，到了這會兒，賈似道也只好打算走「母親路線」了。要不然的話，賈似道琢磨著，自己的父親其實還是比較好說話的。

當然了，這也僅僅是賈似道心中的認為。沒有哪個父親不希望自己的兒子有出息的。哪怕就是在平時，父親在賈似道的面前表現得再怎麼嚴肅，內心中，還不是有種「恨鐵不成鋼」的感覺？

父親說：「難道你不歡迎我過來？」

父親的氣色明顯很不錯，原本還準備推脫著說一句自己路過之類的話，只是，感覺到在這樣一個日子裏，說些不著邊際的話不太合適，也就大大方方地承認自己是特意過來看賈似道的翡翠店鋪開業的了。

其實，在兩天前母親給父親打電話的時候，父親就已經下定決心過來看看了。兩地距離並不遠，坐車才半個小時而已。要是父親真的不過來的話，說不定，以後就會有些後悔了。

而賈似道對於父親的到來，自然是無比興奮的。

不過，就在此之前，省城珠寶玉石檢測中心的幾位賈似道的老朋友，也是姍姍來遲，賈似道免不了又是一番應酬。為此，賈似道也把剪綵的任務交給了省城那邊的人，怎麼說，賈似道也要顯出他們的重要不是？

以後翡翠店鋪裏出售的翡翠飾品的鑒定證書，可是要大批量地從人家手裏拿過來的呢。賈似道可以不在意翡翠證書，只要保證自己的翡翠飾品的品質就可以了。但是，客戶可不是這麼想的啊。

有了省城那邊出具的證書，就是一種保障，也可以讓賈似道的翡翠店鋪在往後的競爭中佔據一定的優勢。這不，龔老闆這樣的老闆，在看到省城珠寶玉石檢測中心的人過來之後，也客氣地寒暄了幾句呢。

賈似道先是帶領著這些前來祝賀的人，在翡翠店鋪裏參觀了一下一樓，賈似道重點介紹了最靠近裏面的小陳列館，上面擺放著的翡翠飾品，從顏色上來說，無疑是五光十色的，幾乎是翡翠能有的顏色，在陳列櫃子中都出現了。

而從翡翠質地上來看，是清一色的玻璃種，那種濃郁和通透，再加上陳列櫃子周邊燈光的映照，完全展現出了這些翡翠飾品的最大魅力所在。冷豔！繽紛！

在場隨行的人中，可是有不少喜好翡翠的行家，尤其是從省城檢測中心過來的幾位，可都是行業中的翹楚。也許他們自己所擁有的翡翠飾品數量並不是很多，但是他們經手過的翡翠飾品卻遠不是賈似道這樣年紀的人可以比的。

血玉手鐲的驚豔，玻璃種帝王綠翡翠的小件飾品所蘊藏著的霸氣，綠得那麼奪人心魄，以及為數不少的玻璃種豔綠色翡翠飾品在邊上的點綴，還有黑到深不可測的墨色翡翠，那碩大而圓潤的模樣，就如同是黑色鑽石一樣，讓人感到震撼，深深地被它的黑色光芒所吸引。

此外，原本應該出現的「藍水翡翠」並沒有運送過來，倒是叫賈似道心裏隱隱有些失望。不過，為了補齊藍色的部分，賈似道也是勉為其難，選了幾件雕刻工藝比較精湛的藍色翡翠，雖然藍得沒有如同大海、天空一般，在諸多其他色彩的翡翠珍品中稍微顯得有些遜色，卻也是非常難得的珍品了。

「小賈，看上去，你這個翡翠店鋪裏，僅僅是這麼一個小櫃子，就比姐姐我那兒一整家的珠寶店都要值錢呢。」李詩韻說著，還給了賈似道一個白眼。

因為周圍的人員實在是比較多和雜，賈似道也不好表示什麼，他只能訕訕地笑了笑，也不多說。

和賈似道這些男子所關注的物品不同，紀嫣然所注意的翡翠飾品，絕大多數都是和極品綠色翡翠相對應的擺放在另外一側的紅色翡翠。在那一塊區域裏，最中心的位置放著血玉手鐲，邊上散落著一些其他紅色翡翠飾品，手鐲、戒面應有盡有。此外，還有不少紫色翡翠飾品，展現出一抹翡翠中別樣的高貴、神秘，讓紀嫣然很有些目不暇給的感覺。

猛然間聽到李詩韻的笑聲，紀嫣然轉過頭看了李詩韻和賈似道一眼，轉而也順著兩個人的目光，注意到了那件獨特的綠色翡翠飾品，準確地說是一個擺件，可以用來懸掛在胸前，就好像一般的玉佩一樣，又可以直接擺放在桌子上，因為在這件翡翠飾品的底部，明顯有一個特意做出來的平面，是可以把飾品立起來的。

「咦……」還沒看上兩眼，甚至站在紀嫣然的角度，都還沒有發現這件翡翠飾品的雕刻工藝有什麼不同的時候，紀嫣然卻輕輕地驚訝了一聲。

「怎麼了？」李詩韻好奇地問道。連賈似道也有些詫異地看向紀嫣然，莫非連李詩韻都沒有發現的情況，卻被紀嫣然先發現了？

「詩韻，你有沒有覺得，這件翡翠飾品的造型，給人很熟悉的感覺呢？」紀嫣然說話間，還特意在李詩韻的身上打量著。

李詩韻卻沒有絲毫覺察，反而有些好奇地先看了紀嫣然一眼，看著她似乎是不像說謊的樣子，又把眼神看向賈似道，希望賈似道解釋一下，唯獨沒有在這個時候去打量那件翡翠飾品。

這樣的反應，可以說完全出乎了賈似道的預料：「那個，李姐，不如你自己好好地看看？」

「你們的眼神怎麼都這麼怪啊?」

李詩韻不由得對賈似道輕聲嘀咕一句,隨後,也許是紀嫣然和賈似道的怪異目光起了作用,李詩韻看著那件翡翠作品,也越看越覺得眼熟了,她很認同地點了點頭:「還真是感覺挺熟悉的。該不會是,小賈,你按照誰的身材,特意請人雕刻的吧?」

「不是請人雕刻的,是我自己雕刻的。」賈似道欣然地點了點頭。這個時候,看到紀嫣然和李詩韻兩個女子詫異的眼神,也是一種享受不是?

「你什麼時候學會雕刻了?」幾乎是異口同聲的,紀嫣然和李詩韻都看向賈似道,似乎是發現了什麼好玩的事情一樣。

「那個,我本來就會點雕刻技藝的好不好?」賈似道先是辯駁了一句,隨後,似乎是感到自己這樣的辯駁有些無力,不由得指了指許志國的身影,說道:「看到沒有,那位就是我的雕刻師傅,目前他就在我的廠房那邊幹活。這裏的翡翠飾品,就是出自他和他的同事幾個人之手。」

「還真是沒看出來。」紀嫣然有些好笑地看了賈似道一眼,很快就把自己的目光又看向那件翡翠飾品,似乎是想要瞧出賈似道話語中的破綻。畢竟,賈似道親手雕刻的，如果和其餘翡翠飾品的雕工沒有什麼太大差別的話，即便說出去，賈似道自己也不會相信吧？一個雕刻學徒，而且還僅僅是只學了個把月的學徒，怎麼可能把翡翠飾品雕刻得和師傅一個水準呢？

倒是李詩韻在剛才已經仔細研究過這件東西了，再考慮到紀嫣然提醒的這件東西的形態非常熟悉，又有了賈似道似乎有意無意的提醒，到了這個時候，她還不明白這件東西是按照她的身體形態來雕刻的話，也太愚笨了一些。

「小賈……」李詩韻臉上微微出現了一點紅暈，但是看著，又給人有幾分怪異的感覺，似乎很出乎意料的樣子。

「李姐，這件東西還真是我自己雕刻的。」賈似道樂在心裏，表面上表現得很雲淡風輕：「如果你不信的話，可以去問問小許他們。他們不會說謊的。」

「我相信！」李詩韻點了點頭，輕輕地吐出三個字，不說這件作品的雕刻工藝的確與眾不同吧，即便是許志國他們雕刻了送給賈似道的，轉而以賈似道的名義來作為這件作品的作者，那又有什麼關係呢？

在李詩韻的心中，最為重要的是，這件東西是以她的身形體態為原型來雕刻的，這才是讓她最為感動的地方。

「說起來，這件東西和嫣然的身形也比較相像呢。」賈似道生怕李詩韻的臉面有些過意不去，不由得轉移了話題。

從開業到這會兒，領著一群人在翡翠店鋪裏參觀到現在，賈似道的目光故意落到李詩韻的身上，為的可不就是給她這麼一個驚喜嗎？

原本，賈似道還琢磨著，是不是應該等到李詩韻自己來發現這一點。但是，琢磨了好長時間，賈似道最終還是覺得，雖然他已經準備得比較用心了，但是，翡翠店鋪中這麼多翡翠飾品，要讓李詩韻自己能注意到這件東西，並且產生一定的聯想，還是太難了。

在兩天前，賈似道和李詩韻通過電話之後，對於她說的有關店鋪開業的事情受益匪淺之後，賈似道就開始著手準備這件作品了。

先前，賈似道說這件東西完全是他親手雕刻的，自然是這兩天努力的結果。而李詩韻在欣賞這件作品的時候，那種綠意盈盈流動的感覺，也是賈似道在雕刻的過程中，使用了特殊感知能力才達到的效果。

以賈似道想來，既然是送給李詩韻的東西，總不能表現得太過一般吧？如果是普通貨色，賈似道也不好意思拿出手不是？

「詩韻，我還真是羨慕你呢。」紀嫣然花了一點時間，仔細地察看過這件翡翠雕刻作品之後，轉頭對李詩韻說道。隨後她還有意無意地看著賈似道，似乎是在說賈似道不夠厚道，雕刻了李詩韻，為什麼就沒有她的呢？

「嫣然，你說什麼呢。」李詩韻卻有點欲蓋彌彰地說，「剛才小賈也說了，這件翡翠雕刻作品，和你的身材也比較相像啊。」

「好啦，你們兩個就不用再聯合起來忽悠我了。」紀嫣然卻看得很明白。如果僅僅從身材上來說，她和李詩韻的確是有些相像，甚至可以說是不分伯仲，而且，尤為難得的是在身高體態上，兩個人也沒有太大差異。她們之間最大的區別，就是在氣質上。

而這件作品，賈似道最為注重的，也是氣質。

如果紀嫣然在這個時候會認為這件作品雕刻的原型是她的話，那也說明賈似道的作品實在是太失敗了一些。

李詩韻自然也明白這一點。所以，話剛一說完，她的臉上就浮現出比面對賈似道時更加嫣紅的羞雲。當紀嫣然沒有注意到她的時候，她還憤憤地瞪了賈似道一眼，似乎是在說，剛才的那句話，是賈似道在故意誤導她一樣。

賈似道不禁也送給了李詩韻一個白眼。

那幾句話，分明是賈似道不想讓李詩韻過分尷尬才故意說的，誰知道李詩韻會傻傻地去跟紀嫣然說啊？

倒是在心裏，賈似道忽然覺得，在這樣一個時刻，李詩韻的表現，也是那麼充滿韻味。就如同她的年紀一樣，成熟中洋溢著一種醇香。

店鋪的另外一邊，「慈雲齋」的龔老闆，「周記」的周大叔，阿三和省城珠寶檢測中心的幾個行家，此時卻都集中到了一個地方。

那就是在整個陳列櫃子的邊上，一處轉角的位置，那裏有賈似道精心設計出來的一處用來存放翡翠飾品的地方，絲毫也不比陳列櫃中陳列的珍品來得差。

真要說起來，那邊的幾件翡翠飾品，還遠要比陳列櫃中的珍貴得多呢。

在陳列櫃這邊，除去血玉手鐲是明明白白地標明不對外出售之外，其餘的東西都是有價格標籤的。

也就是說，只要出得起價錢，不管是玻璃種帝王綠翡翠飾品，還是豔綠翡翠飾品，或者是雕工精湛的藍水翡翠，都能夠成為它們的主人。

而在這會兒，眾人注意到的地方，卻一件能夠出售的作品都沒有。一句話，不管出什麼價錢，「綠肥紅瘦」壓根兒就不賣。

紀嫣然、李詩韻和賈似道經過剛才的小插曲之後，自然也注意到了大多數人的目光所在，不由得就跟上了幾步，湊上前去想要看個究竟。

李詩韻還小聲地問了一句：「小賈，你該不是還有什麼好東西，故弄玄虛的，讓大家這麼有興致吧？」

在翡翠飾品中，能吸引一兩個人的，那一點兒都不奇怪，因為只要是和翡翠有關的，多少還算是有點吸引力的。而能吸引大多數顧客的翡翠飾品，只要是在價格上稍微高昂一些，雕刻的工藝稍微精湛一些，也完全能夠做到。但是，能吸引大多數行家的注意力的，卻絕對不會是什麼簡單的作品。

作為一家翡翠店鋪的老闆，也是一個開珠寶店鋪的過來人了，李詩韻無疑要比賈似道更加明白這一點。所以，看到眾人聚集在陳列櫃邊上轉角的地方，她的好奇絲毫也不比剛才看到的這件人物形態的翡翠擺件來得少。

「李姐，我也不知道呢。那些東西可都是我母親放上去的。」賈似道卻有些賣關子地說，「不如我們也過去看看，不就知道了？」

李詩韻做了一個「討打」的手勢，邊上的紀嫣然也頗有點忍俊不禁，敢情賈似道這位「綠肥紅瘦」的老闆，也有對自己店鋪中的東西不瞭解的時候？無非是賈似道不願意在這個時候解說罷了。

如此一來，倒是更加引起了兩個女子的好奇心。

當賈似道三人一起到了眾人身邊，抬眼去看的時候，才發現眼前的這個地方，從設計的理念上來說，其實是和陳列櫃屬於一個風格的，所處的位置也比較靠近，而且還都是靠近店鋪的最裏端。

只是陳列櫃是立體地擺在那兒，四周都空著，東西放在玻璃製的櫃子內部，大家從外面可以看到裏面擺放著的東西，人也可以繞著這個櫃子來回走，轉上一圈，就能很清楚地看到內部的所有翡翠飾品。而眼前的這個地方，卻是靠在牆壁上建立的一個展示台。

上邊的擋板、燈光、翡翠飾品，縱橫交錯，在一種無序中顯現出幾分現代藝術的曲線美感來。擺放的東西，也是相當不簡單，其中就有「絕世雞油黃」。

對於這件東西，賈似道原本是不打算擺放出來的，因為，在琢磨了好一陣子之後，那塊「血玉」倒是比較合適雕刻成一副血玉手鐲，而這塊雞油黃的形態卻比較別致，要雕刻成手鐲吧，感覺稍微浪費了一些，邊角料會剩得比較多，如果雕刻成戒面之類的，又太大材小用了。

在翡翠的雕刻上，很多雕刻師傅都是本著物盡其用的原則的。

一塊大的料子，首先想到的，絕對不是把它剖開來，而是直接雕刻成一個大的擺件。當然，前提是，這塊大料子品質要上乘。要不然，都是垃圾廢料的話，整塊雕刻和剖開來，差別也不大。

除非是商家短時間內很缺錢，想要很快出手自己手中的翡翠，從而換取大量現金，那麼，就會把大的料子雕刻成比較流行的手鐲款式。就好比黃金是硬通貨比較保值一樣，翡翠飾品中的翡翠手鐲，也是屬於硬通貨的。

而眼前的這塊雞油黃料子，呈現出扁平的形態。要是雕刻成翡翠手鐲，一來，這只手鐲會顯得比較扁；二來，在材料的選擇上，也只能雕刻一大一小兩隻翡翠手鐲。此外，就只能從最中間的地方挖出一個戒面來了，邊角料還能雕刻出幾件小型翡翠掛件來。

如果是其他顏色的翡翠料子，賈似道還真就會同意這麼做了。但是對於這塊絕世雞油黃，賈似道很猶豫，最終也沒有決定下手，而是直接把這塊翡翠料子給搬到了「綠肥紅瘦」裏。

因為就在這塊「絕世雞油黃」翡翠料子的邊上，還有另外一塊天然翡翠料子——「紫眼睛」。

「紫眼睛」無疑是和「絕世雞油黃」同一個級別的罕見的翡翠料子。

當這兩者以一黃一紫強烈對比的姿態出現在眾人眼前的時候，那種視覺上的衝擊，自然是無與倫比的。

哪怕就是玻璃種帝王綠、血玉這樣的翡翠料子，從稀有的程度上來說，都不及「雞油黃」和「紫眼睛」。

「翡翠」二字，本就說明了翡翠應該是綠色和紅色的。所以，「雞油黃」的油潤，「紫眼睛」的魅惑，都讓看到它們的人駐足不前，稍微這麼一耽擱，給賈似道的感覺就是眾人都圍觀著它們了。

賈似道還注意到，在人群中，除去一大幫男人之外，母親、小倩、阿麗幾人的女子團體，也是非常引人注目的。周莎還走在她們的中間，也許是因為在別墅那邊和母親有過交流的原因，這會兒周莎和母親還是挨著比較近的。

忽然，周莎就朝著賈似道這邊瞥了一眼，看到賈似道正看向她，她先是驚訝，隨即很自然地就露出了一抹燦爛的笑容，那純潔而清麗的樣子，倒是讓賈似道為之一愣。他心裏感歎著，百變魔女，這樣的詞語很適合眼前的周莎吧？

「小賈，這兩塊翡翠料子，你準備怎麼辦？難道就一直這麼放著？」李詩韻小聲地問了一句，邊上的紀嫣然無疑也是非常期待的。

要說血玉手鐲對於女子來說，美得太過驚心動魄的話，那麼，「紫眼睛」的妖嬈，就讓紀嫣然這樣的女子也無從拒絕了。

賈似道的腦海中，驀然間劃過「紫眼睛，女人心」這樣的句子，再看向紀嫣然和李詩韻的時候，嘴角的笑容就更加濃郁了一些，他說道：「自然是不會一直都這麼擺著了。到了晚上，會把它們給收回到保險櫃裏。」

紀嫣然和李詩韻對視一眼，頓時很默契地露出苦笑的模樣來。

如果說賈似道沒有聽明白李詩韻的話，那是不可能的。

賈似道這麼回答，自然是存了打趣的心理：「不過，說真的，兩位美麗的小姐，難道你們就沒有看到，在這兩塊翡翠料子的邊上，還有一些其他好玩的東西？」

「哦？」李詩韻疑惑了一聲。剛才，她的視線還真的是被「絕世雞油黃」給吸引住了，誰讓這塊翡翠料子是最大的呢？此外，就是在雞油黃翡翠的邊上，同樣是原生態的「紫眼睛」了，只因為那一抹濃豔的紫色，實在太讓人心醉了。

而在距離兩塊翡翠料子邊上稍微有點距離的地方，是在另外一塊擋板上，還有幾塊小型翡翠原石，有的是開窗了的，有的是全賭的，都是非常小巧的個頭兒，其中一塊的表現，哪怕就是還沒有切開來的時候，也有人喊出了兩百萬的價格呢。

這些第一批進來參觀的人中，可不乏一些行家。

「我覺得小賈你還真是會做生意呢。」李詩韻不得不贊了賈似道一句。

這種把翡翠原石擺放到翡翠店鋪的手法，並且進行展覽，還進行了有序的規劃，比如從全賭的，到開窗口的，再到對半切開的，一字兒地排開，的確是值得她學習的。

翡翠飾品更多的是賣給那些喜好翡翠的人。而往往這些人，對於翡翠的一切，都是迫切想要瞭解的。那麼，精美的翡翠從何而來，就是一個很好的賣點了。

「呵呵，都是大家一起出的主意。」賈似道笑著說，「要不是李姐你特意吩咐，今天我連那些小禮物都沒有準備呢。」

雖然現在，賈似道的店鋪還沒有對廣大顧客開放，但是，賈似道卻可以想到，要是一家店鋪開業的時候沒有一點優惠活動的話，的確是說不過去的。

「那你是不是應該好好謝謝我啊？」李詩韻的神情有了幾分莞爾。

「那是，那是。」賈似道忙不迭地點頭。

「哇，這邊的這三件動物形態翡翠，就是用『紫眼睛』雕刻的嗎？」李詩韻的目光在轉到展示台這邊的時候，忽然看到了「十二生肖」中展出的三個：龍形胸針、蛇形耳釘、鼠形戒面。

如果說眾人在看到原生態的「紫眼睛」時，還覺得這樣一種翡翠料子比較珍貴，賈似道僅僅是把它給擺出來，供大家參觀的，畢竟，見過即擁有嘛。但是，三件「紫眼睛」雕刻而成的動物形態翡翠飾品的出現，卻讓看到它們的人，心中多了一份期待。

是不是自己也還有機會擁有這樣的珍品呢？

「小賈，你老實跟姐說，這『紫眼睛』，你究竟切出了多少？」李詩韻先是捂了一下櫻桃小嘴，隨後偷偷地問了賈似道一句。那模樣，似乎是生怕別人會聽到了一樣，賈似道都恨不得直接說一句，要是你喜歡就送你一件了。

當然，在這個時候，賈似道可不會這般浪漫，或者直接來個「珠寶贈美人」的選擇，而是直接答道：「十三。」

「嗯，這裏雕刻了三件，那邊還有一塊是翡翠料子用來展出，那豈不是說，你還有九塊『紫眼睛』翡翠料子？」李詩韻的眼睛睜得大大的，一眨不眨地盯著賈似道，見到對方點頭之後，李詩韻眼中的神采變得更加濃郁了幾分。

「詩韻，你呀，就別想著擁有這個『紫眼睛』了。」邊上的紀嫣然卻在這個時候拍了李詩韻的肩膀一下，說道：「難道你還沒看出來，這三件雕刻出來的翡翠飾品，雕刻的可都是『十二生肖』裏的動物形態嗎？剩下的九塊，應該是剛好能雕刻成剩下的九種動物，對不對，賈老闆？」

「呵呵，還是嫣然看得明白。」賈似道敷衍了一句，卻惹來李詩韻和紀嫣然同時遞過來的一個白眼。賈似道也只能苦笑著不再說話了。

和漂亮女人說話，說得越多，就錯得越多，更何況是跟兩個站在一起的漂亮女子說話呢。

「不過，我還真沒看出來，小賈你的雕刻手藝，真的是有些特別呢。」紀嫣然仔細地看了一下這三款動物造型，「看著都是簡簡單單的雕刻，卻可以把這些翡翠料子最本質的色彩，最大限度地呈現在大家面前，不簡單啊。小賈，不如你跟我說說，你是怎麼做到的？」

「真有這麼厲害？」

李詩韻也仔細地看了看這三件用「紫眼睛」雕刻的翡翠飾品，腦海中忽然就感覺到了有幾分熟悉，不正是剛才那件以她為原型雕刻出來的翡翠擺件上出現過的感覺嘛。

要知道，從進入翡翠店鋪之後到現在為止，李詩韻也還只有在那一件翡翠擺件上有過這種感覺呢。

李詩韻一直以為是對於翡翠擺件的形態太過熟悉了的原因，才導致了那種別樣的感覺。當然，這裏面還有沒有一點點小心思，因為這件翡翠擺件是賈似道雕刻的，那就不是李詩韻這會兒能想得明白的了。

凡事一旦涉及到了自身，哪怕就是一個聰慧的女子，也不如旁人看得更加清楚吧？

正如李詩韻在看到那件翡翠擺件的時候沒有想到自身，而紀嫣然一眼看到了之後，就能察覺出來一樣。正如到了這會兒，紀嫣然可以從雕刻的手法和痕跡上，乃至是雕刻出來的最終效果上推斷出，眼前的這三件「十二生肖」中的動物形態的「紫眼睛」雕刻，是屬於賈似道親自動手的，而李詩韻卻僅僅看出了這三件翡翠飾品的漂亮而已！

不過，李詩韻的感歎，倒也是讓賈似道原本需要直面紀嫣然的問話，有了一個緩衝的時間，心態變得更加的應對自如一些。

李詩韻先是在腦海裡琢磨了一下，才開始接著說道：

「怎麼說呢，不能說是我的雕刻手法很別致吧，我的雕刻手段，可都是從小許那邊學過來的。只能說是我對於翡翠料子的感覺，把握得比較好，比較到位，嗯，應該是比一般的雕刻師傅，把握得更加精確一些。所以，在雕刻的時候，我自己的想法就會更多一些，會多注意那些比較出彩的地方，這樣雕刻出來之後的效果，就是現在你們所看到的樣子了。」

之後，賈似道還意猶未盡的補充了一句：「別說是你們看了，覺得比較特別，就是教我雕刻手法的小許幾人看了之後，也覺得我雕刻出來的翡翠飾品，與大多數人的作品都不一樣。」

這話語，雖然有著自賣自誇的成分，卻因為有了眼前擺著的三件作品作為事實依據，紀嫣然和李詩韻，倒也不會覺得賈似道的為人輕浮。

「嗯。」紀嫣然一邊點頭應著，一邊思索著。至少，賈似道話語中的意思，她還是明白的。無非就是賈似道對於翡翠有著很高的天分，在雕刻的時候，也可以根據翡翠的紋理來進行，如此一來，能夠更大化的把翡翠料子那種天然的性子給表現出來，也就順理成章了。

要知道，這可是賈似道在知道自己運用異能感知進行翡翠雕刻，可以有非常明顯的效果之後，就開始琢磨出來的解釋呢。

畢竟賈似道雕刻出來的東西是要見人的，若是沒個合理的說法，以後宣揚出去不太合適，哪怕就是搞神秘主義也只能是一時的權宜之計。賈似道可不想別人知道他的特別之處，這也是他最大的秘密了。

至於，有了這樣的說辭之後，別人要是再懷疑的話，那賈似道也就沒有辦法了。仔細比較起來，賈似道在運用異能感知的時候，除去更加瞭解翡翠的質地、形態、結構之外，還真的沒什麼別的能力了。而且，尤為重要的是，這會兒賈似道的精神力，足以在別人面前親自展示自己的雕刻技藝。

這在許志國幾人的面前，可都是試驗過的，他們根本就看不出來，在雕刻的過程中，賈似道是用異能感知來作弊的。所以，即便是紀嫣然在沉思著，臉上分明還有著些許的疑慮，賈似道也不會去擔心。

倒是李詩韻在聽了賈似道的話之後，很是乾脆的就選擇了相信。似乎是賈似道所說的，她都自然而然的不願意去多想一樣。如此一來，她在紀嫣然的身邊，或許會讓人覺得有了幾分「笨笨」的感覺，卻是更加貼合賈似道的心意一些。

就連賈似道看著李詩韻的眼神，在這個時候也會表現得暖暖的吧。

第三章

有口皆碑

只有自己的東西上檔次了，
一家翡翠店鋪的口碑才能傳得出去吧？
賈似道琢磨著，自己又不是賣廉價貨色的，
所以開業之前才沒有做什麼特別宣傳。
若是論到「口碑」，還有比客戶之間的相互宣傳，
來得更加真實可靠、源遠久長嗎？

陪著第一批人大致逛完了整間翡翠店鋪，期間賈似道也不好全程陪在李詩韻和紀嫣然的身邊。倒是在賈似道離開兩個女子的時候，那邊的龔老闆等幾位古玩街店鋪的老闆，看到賈似道和紀嫣然走在一起這麼長時間，還有說有笑的，臉上不由得就多了幾分耐人尋味的笑容。

似乎有那麼一瞬間，賈似道感覺到，龔老闆幾個人的笑容，也多了一點親切的意味。

店內有些賓客提出來的一些問題，諸如「雞油黃翡翠」是出現在什麼樣的翡翠原石中的，或者「紫眼睛」會不會流通到市場上去，畢竟，這邊展示臺上標明不出售，但是，在場的都是精明人。

在這個世界上，並沒有絕對不能售出的東西。賈似道不想賣，無非是價格還沒有達到他的底線而已。

是不是賈似道準備在開業之初，大打價格戰呢？

一個人問起「綠肥紅瘦」中整體翡翠飾品價格定位的時候，賈似道還可以認為是尋常的問題，簡單地應付過去就是了。但是，當有第二個人詢問，並且語氣有了幾分玩味的時候，賈似道就知道出問題了。他趕緊把自己的想法和大夥兒說了說，反正賈似道也沒想著和別人爭什麼。

翡翠的市場就這麼大，賈似道這邊開翡翠店鋪，從中摻合一下，賺取一定的利潤，那是肯定的，也沒什麼好隱瞞的。

更何況，賈似道的翡翠店鋪，還有著很強的優勢。從翡翠料子的來源，到翡翠成品的雕刻，以及到這會兒的店鋪鋪售，賈似道都不需要被其他商家盤剝，都是自己可以搞定的，這其中的豐厚利潤，就不用說了。即便其他商家要嫉妒，也只能從其他方面來入手，而不能從翡翠產品本身來進行攻擊。

所以，賈似道回答的時候，語氣是小心翼翼的，但是，底氣卻是十足的。

末了，大家準備各自散去的時候，「慈雲齋」的龔老闆感歎了一句：「果真是英雄出少年，一代要比一代強啊。小賈年紀輕輕的，就有這般成就，前途不可限量。我們這些老傢伙，是真的老了啊。」

雖然龔老闆玩的是瓷器，卻也是在古玩街頗有影響力的人，此話一出，倒是惹來了不少人的附和與感歎。

賈似道分明看到，在人群中，母親和父親臉上露出了欣慰的笑容。他忽然間就覺得，這些人這會兒的感歎，雖然給了自己不小的壓力，但是自己的身後，不是還有著父母的支持嗎？不是還有阿三、周大叔、王彪劉宇飛這些朋友的幫助嗎？

這時，賈似道的目光還瞟了李詩韻一眼。這會兒的她，也和紀嫣然一起，竟然站到了母親所在的那一個女子團體中，再加上周莎，三個女子在人群中如此靚麗顯眼，美人與美玉相映成趣，顧盼生輝，倒是一道別致的風景線了。

賈似道的心中，忽然就有一種豪氣沖天的感覺。什麼壓力啊，什麼價格問題啊，統統都不在話下，就讓那些翡翠商人，故意用泛著酸味的話語說自己吧，就讓他們眼紅自己的翡翠店鋪中這些翡翠飾品的價格吧。

賈似道打定了主意，不會降價，只會隨著市場上翡翠料子的價格持續上升，逐步漲價。即便今天開業，要大酬賓又如何？賈似道採取的辦法，依舊不是打折，而是選擇了送禮。

這兩者的差別，也就只有那些購置高端翡翠產品的客戶，才能明白其中的深意吧？

龔老闆等人離開之後，「周記」的周大叔走到賈似道身邊，拍了拍賈似道的肩膀，笑呵呵地說道：「很不錯，要比我想像中的好多了。不過，也不能驕傲，好好幹！」

「嗯。」對於周大叔，賈似道誠心地說了一句：「我會繼續努力的。」

「小賈，你的店鋪，竟然比我們那邊的都要漂亮，說實話，我都嫉妒了呢。」邊上的阿麗說了一句，隨即眼珠一轉，說道：「不過，你這邊的翡翠飾品也確實很多，都很漂亮，你看，我們都這麼熟了，你是不是送我一件啊？」

「你這丫頭……」賈似道還沒什麼表示呢，周大叔倒是嬉笑著拍了一下阿麗的頭：「人家這才剛開門做生意，哪有就先送你一件的道理？」

「才不是呢，分明就是小賈比較小氣嘛。」阿麗嘀咕了一句，「而且，小賈的第一次切石，還是在我的幫助下完成呢。」

這麼一說，紀嫣然是知道事情的經過的，自然是癡癡地笑了起來，李詩韻卻好奇地詢問了起來。而邊上的賈似道的母親，也睜大了眼睛看向阿麗。賈似道不由得苦笑不語，阿麗倒是頓時就得意起來。

好在這個時候，其餘前來參觀的人都散得差不多了，賈似道也就由得阿麗在這邊顯擺了。像是劉宇飛、王彪這樣的熟人，自然用不到賈似道招呼，他們簡略的看了一下「綠肥紅瘦」的佈局之後，對著賈似道豎了豎大拇指，就率先一步離開了。畢竟這地方這麼多人，他們所認識的又不多，留在這邊看著，也沒什麼特別意義。

只是劉宇飛在離開的時候，看到賈似道的身邊又是紀嫣然，又是李詩韻的，那豎了豎大拇指的意思，恐怕也是另有所指吧？

而老楊、小六子這些朋友，那就走得更加乾脆了。對於他們來說，在賈似道的翡翠店鋪開業時，過來走個場，是必須的。但若是要他們站在這邊欣賞翡翠成品，那就是有點強人所難了。

和大群的專家站在一起，老楊總覺得自己渾身不自在，更不要說是小六子了，兩人跟賈似道告別了一聲，也就離開了。反而是老楊身邊的幾個小混混，被老楊吩咐著留了下來。

於是，在一批參觀的人散得差不多時，「綠肥紅瘦」自然迎來了真正的顧客們。雖然今天是週三，時間也是上午，卻畢竟是一家店鋪的開張，不少喜歡翡翠的藏友，還是聽聞到一些風聲的。

所以前來看個究竟的顧客，說多不多，說少也不算少。老楊留下來的幾位小混混，也就暫時充當保安了。

說起來，這也是賈似道和阿三的疏忽呢。

因為在「周記」、「慈雲齋」這樣的地方，都是沒什麼保安的存在的，能到古玩街一帶來鬧事的小混混們，也著實不多。而且，平時的時候，哪怕就是週末集市的時間裡，古玩街這邊的店鋪裡面，往來的客戶也不會很多，只需要一兩個夥計，偶爾老闆們也會親自過來，就足以應付了。就好比是「周記」裡的周富貴大叔和阿麗，偶爾週末的時候也會有紀嫣然身影。

但要說是每一家店鋪都配備一定的保安的話，那也實在是太奢侈了一些。

只是，今天畢竟是「綠肥紅瘦」開業的第一天，很多臨海本地喜歡翡翠的人，還是樂意前來看一下的，諸如店鋪裏有沒有什麼新款翡翠首飾啊，有沒有什麼極品翡翠啊，或者是整體翡翠飾品的檔次、價格問題等等。這些才是廣大翡翠喜愛者所關心的問題。

賈似道還看到有電視臺的攝影人員、主持人在門口那邊拍攝著呢。他不禁大有深意地看了周莎一眼，對方恰巧也轉過頭來看向賈似道，報以甜甜的微笑。

想來，外面門口站著拍攝、採訪的人員，就是同周莎一樣身分的實習主持人了。對於競爭對手，賈似道可不覺得周莎會認錯了。

賈似道稍微讓了一讓，側了側身子，轉頭一看，翡翠店鋪裏很快就熱鬧起來。正所謂「外行看熱鬧，內行看門道」，自從不少顧客進入翡翠店鋪之後，「綠肥紅瘦」裏邊就顯得有些聒噪起來。

賈似道忽然間就感覺到，自己的預計似乎是出錯了。即便他的翡翠店鋪開業並沒有經過什麼特別的宣傳，前來的顧客卻一波又一波的，遠遠超過賈似道的想像。母親那邊，這會兒已經沒有什麼閒情談笑了，她到了收銀台邊，緊張地忙碌起來。用母親自己的話來說：這可都是我兒子的錢呢，自然要看得緊一些了。

就連父親，也被母親拉著暫時做了幫手，點現金的點現金，刷卡的刷卡，忙得不亦樂乎。

至於小倩，這個時候她才是最為忙碌的人，不但要解答一些客戶提出來的問題，有時候還要把翡翠飾品從櫃檯裏面取出來，給顧客過過手。而且一雙眼睛還得盯緊了，可不能讓剛取出來的翡翠飾品離開自己的視線，這也是賈似道事先重點交代過的。

交易的時候，慢一點無所謂，大不了就是少做幾筆生意。但是，卻要杜絕一些前來渾水摸魚的人，小心別讓他們得逞了。虧上一兩件翡翠飾品倒是其次的，主要的是可別助長了這樣的風氣。要是一旦有誰成功了，說不定明天就有成群的渾水摸魚者到這邊來湊熱鬧了呢。

不過，客流量大了，小倩一個人自然是忙不過來的。這不，李詩韻這位「詩韻珠寶」的老闆，好歹也是有著出售翡翠飾品的經驗的，不用賈似道邀請，就自己幫忙客串起了售貨員的角色。見到賈似道那有些吃驚的模樣，李詩韻只是裝出絲毫不在意的樣子說了一句：「別這麼看著我，到時候，我可是要報酬的哦。」

那俏皮的模樣，看得賈似道就是一呆。賈似道印象中的李姐，竟然還有如此可愛的一面。

清麗的聲音，靈動的話語，從李詩韻的嘴裏一句接一句地吐出來，是那般熟練和自然。連賈似道都覺得，要是自己也是個顧客的話，看到小倩這邊正忙活著，暫時還輪不到自己去挑選喜愛的翡翠，自然也就樂得圍在李詩韻的身邊，聽她說一些翡翠飾品的款式、意義之類的話了。間或的，還能聽到李詩韻解說，該如何識別翡翠飾品的質地等技巧呢。李詩韻作為一個講解員，自然是吸引了大部分男子的目光了。

至於紀嫣然，她的工作相對來說，是三個人中最為輕鬆的了。她只是幫忙站在極品翡翠櫃檯這邊，服務一些高端客戶，如果有人想要購買陳列櫃中的極品翡翠，有什麼問題的，就可以先詢問紀嫣然。而且，在她的周圍，可是有著不少「綠肥紅瘦」特聘的保安。

相對於一些中低檔翡翠飾品而言，靠近翡翠店鋪裏端的展示台展示的極品翡翠，無疑有著更大的吸引力。沒有一個喜愛翡翠玉石的人能抵擋得住這樣的誘惑。不要說是顧客了，要知道，就連剛才那些專家、老闆們，在猛一見到這些極品翡翠的時候，不也駐足在這邊，不願意挪步嗎？

這會兒，圍觀中的大多數顧客，即便是做夢，恐怕都不敢保證自己這一輩子能接觸到這些極品翡翠吧？所以，他們的心思也是非常簡單。不買，也可以看看，隔著玻璃櫥窗欣賞欣賞嘛。這樣的機會，要是還有人願意錯過，那只能說，不是真心喜歡翡翠了。

一時間。賈似道自己站在「綠肥紅瘦」裏面，倒是顯得有些多餘的感覺。

不過，賈似道也樂得清閒，不管是小倩這邊，還是父母這邊，賈似道都幫不上什麼忙。收錢這樣簡單又重要的工作，賈似道交給自己的父母，自然是完全可以放下心來。

而小倩這邊，已經囑咐過她可以盡量的以安全為重，一個客戶接著一個客戶的來，倒也不虞出錯。畢竟，對待價值都是幾千、上萬的翡翠飾品，哪怕就是顧客們看到售貨員的速度有些慢，也是可以諒解的。難道還能指望在菜市場買菜的時候，來個「你來我往的砍價」，而玩得不亦樂乎？

倒是李詩韻這邊，因為圍觀的顧客多了起來，有些有心想要購買的，又因為暫時排不上位置，只能在李詩韻身邊先聽一聽建議了。尤其是為數不少的翡翠發燒友們，這時候完全把李詩韻當成了榜樣來對待了，不說李詩韻的模樣俏麗、聲音動聽，光是李詩韻作為一個業內人士的解說，在很大程度上就能吸引他們的注意力。

賈似道在疏散了那些前來祝賀的朋友們之後，就開始走到李詩韻身邊，兩人相視一笑，很是有默契的，當即一人分擔了一部分的顧客。

李詩韻作為一個「講解員」這般的存在，自然是繼續吸引了大部分男子的追逐。

而賈似道這邊，則是應付那些有心購買翡翠飾品來收藏的藏友們。至少，「綠肥紅瘦」中出現的翡翠，都是賈似道精心從儲藏室那邊挑選過來的。要說對於這些翡翠飾品的瞭解，即便是許志國等幾位雕刻師傅，恐怕也沒有賈似道來得全面。

不過，也許是因為有了展示台這邊的極品翡翠出現吧，很多翡翠收藏愛好者，在看過了這些極品翡翠飾品之後，審美眼光，或者說是對自己準備收藏的翡翠飾品，一下子就提高了不止一個檔次。

特別是其中有一位藏友，在見到賈似道的時候，手指還指著陳列櫃中的一塊極品的玻璃種帝王綠翡翠戒面，有些興奮地說著：「我收藏翡翠也算是有十幾年的時間了，這還是第一次這麼近距離的接觸到玻璃種的帝王綠翡翠呢。」

那說出來的話語，還帶有顫抖的聲音，足以說明他此刻的激動。不光如此，他對那些玻璃種艷綠的翡翠也讚不絕口。

賈似道從他的說辭中，倒也是能明白過來，眼前這麼一位中年男子，肯定是一位喜歡「綠」色翡翠的收藏愛好者了。在他眼中，除去這些「綠色」翡翠之外，幾乎就別無他物。

當然了，其餘的也有喜歡紅翡翠的，有喜歡紫翡翠的，尤其是那三件「十二生肖」。更有從單純的三件「十二生肖」雕刻中，看出了賈似道的用心的，好奇的問了一句：「賈老闆，你這『紫眼睛』的料子，是不是還有剩餘，準備用來雕刻其他『十二生肖』裏的動物啊？」

「哦，你是怎麼看出來的？」賈似道心下也是微微有些吃驚。從翡翠收藏這個角度來說，一位資深的藏友能夠知道「紫眼睛」這樣的名詞，並不是什麼大不了的事情，但是能從賈似道簡單的展示中就看出這應該是屬於一套的「作品」，卻是要教人佩服了。

「這還不簡單啊。」那人笑著說道，「前面的兩件『蛇形耳釘』和『龍形胸針』如果說還是根據翡翠料子的大小、形態來雕刻的話，那麼，這件『鼠形的戒面』無疑就有點中庸了。當然，那個，我不是說這件作品雕刻的比較一般，我的意思是……」

或許是出現了「中庸」這麼一個詞語吧，來人忽然察覺到自己這是在「綠肥紅瘦」店中，面對的也是翡翠店鋪的老闆，就準備解釋一下。

賈似道卻是能明白他的意思，也知道他究竟是從何看出這應該是一整套的作品。因為，從雕刻的形態上來說，「鼠」的形象無疑是非常逼真的。但和前面的「蛇」、「龍」比起來，卻是少了幾分因材雕刻的意味。也就是說，這塊翡翠戒面，除去雕刻「鼠」之外，也可以是其他的動物形態。

如此一來，聯想到三件「紫眼睛」的翡翠料子的動物形態，能猜到「十二生肖」也算是在情理之中了。

「呵呵，我還真是有這麼個打算。……」賈似道這邊的話還沒說完，那位藏友卻是很焦急的問了一句，「那您在雕刻完成之後，會把它們放在一起展出嗎？」

說起來，這才是這位藏家最關心的吧？

在其他的翡翠店鋪中，一般也會有著諸如鎮店之寶之類的存在。不過，在數量上可沒有現在的「綠肥紅瘦」中多而已。有時候。弄上這麼一件「玻璃種帝王綠翡翠」就能算得上是鎮店之寶了。而在整個臨海地區，除了楊啟的「天啟珠寶公司」之外，恐怕也還沒有其他任何一家翡翠店鋪，是擁有展示多件的極品翡翠的實力的吧？

腦子稍微清楚一點的翡翠收藏愛好者都會明白，自己想要獲得這些極品翡翠是沒什麼可能性了，那就唯有找個機會、找個時間看看，過過眼癮了。賈似道敢保證，只要他的翡翠店鋪中靠近裏面的那個展示台不撤銷，那麼，每天光是前來欣賞這些極品翡翠的藏友，就會絡繹不絕。

比起其他幾家古玩街的店鋪而言，賈似道這麼直接的公示自己的極品收藏，自然是比他們更容易積聚人氣一些。

不過，這也是所經營的東西不同而導致的。大家也不會有什麼特別的意見，就比如說是「慈雲齋」的瓷器吧，龔老闆是絕對不會把自家的收藏品給擺放出來的，一來，沒那個必要，好東西留著自個兒欣賞就足夠了，就像是那些大藏家一樣，如果不是說慈善或者好友來拜訪之類的，其餘的時間，若是有人想要欣賞一下他的收藏。那可是千難萬難的事情。二來嘛，就是瓷器的收藏，和翡翠這樣的東西，還是有著一定的區別的。

那些收藏愛好者，特別是有能力收藏極品瓷器的人，一定會有自己的門路，也就是屬於瓷器收藏的一個圈子，你是圈內的人，自然也就明白誰的手頭有你喜歡中意的東西了。若你不是圈內的人，即便是把瓷器擺在那邊，對你來說也沒有任何意義。

看了看眼前的翡翠收藏愛好者，賈似道對著他點了點頭，算是允諾等到「十二生肖」翡翠飾品全部雕刻出來之後，有機會就會擺放在「綠肥紅瘦」中展示一定的時間吧。怎麼說，這也算是賈似道自己的店鋪了，不擺放在自己的翡翠店鋪裏，難道還拿到別人的店鋪中去展示？

至於過幾天去杭州的那個「珠寶展」，只不過是一次打響賈似道的「綠肥紅瘦」的宣傳而已，若說在開業之後，賈似道還擔心自己的翡翠店鋪不夠資格，不夠實力，沒有太強的噱頭來搶佔本地的翡翠市場的話，那麼，在見到如此多的翡翠收藏愛好者，尤其是他們那心動的眼神之後，賈似道心中的那份擔憂，早就煙消雲散了。

不同的境界，就有不同的眼光。

賈似道這會兒想到的，已經不是臨海本地的翡翠市場，而是更遠一些的地方……

看了眼邊上的李詩韻，那份淡然與優雅，還有那邊的紀嫣然的恬靜，似乎是人與珠寶相映襯的魅惑，都教人的心，在熱鬧的氛圍中，感受到一樣的舒心和安靜！

不過，這也只是賈似道的感觸了。其餘的一些顧客們，談論的更多的，還是翡翠飾品。排除剛才所說的那些真正的翡翠愛好者，這會兒有不少可是正在打著電話，通知自己的朋友們，前來觀看，翡翠店鋪裏，更多的還是那些貴婦們！

在賈似道看來，這些人，才是實體店鋪內的最大的消費群體呢。

「我最喜歡那只血玉手鐲了。光是看著就讓我心動不已。」一位在穿著上算是比較華麗的中年婦女，有些羨慕的說道，「可惜，那隻手鐲竟然是不準備出售的，我也只能是看著過過眼癮了。」

「可不是嘛。」邊上的女子，同樣是一位半老徐娘的年紀，打扮上說不上華麗吧，卻也有著成熟的風韻，只不過是站在了李詩韻的身邊，卻是顯得有了幾分的老態，「這可算是人家的招牌翡翠了呢。就是特意用來吸引我們這樣的顧客的。我倒是看上了那幾件紫色的極品翡翠呢。尤其是那件蛇形的翡翠耳釘，哎呀，我就是屬蛇的呢。誰想到，我剛才問了店員，竟然說也是不賣的，連價格都沒標上，這不是故意讓人看著眼饞嘛。……」

「看來，我們也只能是找些標價了的翡翠飾品，來滿足一下自己的收藏慾望了。」中年婦女感歎著說道。

「其實你也不用太過失望。我可跟你說啊，對於翡翠飾品，我可是逛過不少的地方了，還是有幾分眼力的。」半老徐娘者說道，「這邊的翡翠飾品，尤其是那些，就非常不錯，要是有閒錢的話，大可收購一件兩件的回去。」說著，她還手指了一下紀嫣然身後的那陳列櫃子中，擺放在血玉手鐲邊上的幾件紅色翡翠掛件。

「那幾件？」中年婦女苦笑著說道，「我怎麼覺得，和血玉手鐲比起來，就沒什麼味道了呢？」

「那也要看跟誰比啊。」半老徐娘的婦女說道，「你是不知道，我在其他的翡翠店舖裏看到過不少的紅翡翠，和這裏的比起來，更加沒有味道了呢。哎呀，我不跟你說了，那邊有個人，竟然開始詢問起我看上的那件『紫色翡翠手鐲』了，我得去跟店員說說，要給我先留著。……」

「你說這店舖裏的翡翠，都是真的嗎？」一位年輕時尚的女子，站在櫃檯另一邊的空閒地方，對著牆壁上懸掛擺放著的翡翠掛件，問著旁邊的紅衣女子。

「不知道。」紅衣女子回答的很是乾脆。

不過，她的話音剛落，賈似道就湊到了她們身邊，解釋了一句：「兩位小姐請放心，我們這邊的翡翠飾品，都是經過我們公司加工的，翡翠料子的源頭，也都是緬甸那邊過來的翡翠原石。所以，你們完全可以放心，絕對的正品。」

「這話都是你說的，我們怎麼相信啊。」時尚女子打量了賈似道一眼，感覺賈似道說話的語氣，應該是屬於翡翠店鋪的人，不由得如此嘀咕了一句，不過，隨後打量了一眼店鋪的翡翠飾品，補充著說道，「不過，看著倒是挺真的。」

「呵呵，如果你們不相信自己的眼睛，或者對我們的翡翠飾品有所懷疑的話，我們可以出具省裏的鑒定證書。」賈似道說道，「這可是貨真價實的鑒定證書，每一份都是針對一款翡翠飾品的。你們到網絡上輸入證書號，就能看得到。」

「真的？」紅衣女子驚喜的說道，「我聽說很多的翡翠店鋪，都是一份證書，用到很多款的翡翠首飾上的。」

「不可否認，翡翠行業的確還不是很成熟。」賈似道點著頭說道，「但是在我們的翡翠店鋪購買飾品，你們完全可以放心。只要是一周之內的，你們對自己所選購的東西不滿意的，完全可以全額退款。對於外地過來的朋友，我們承諾兩周之內，無條件全額退款。而且，今天因為是開業，所以，你們要是選購了翡翠飾品的話，還有小禮物贈送！」

「那我倒是要好好的挑選一款了。」紅衣女子說道，「就選擇紅翡翠吧。……看你也是店鋪裏的人，不如幫我們介紹一下，怎麼樣？」

「介紹？」賈似道苦笑了一下，看眼前的兩位，也不像是能買得起很昂貴的那些翡翠飾品的樣子，這倒不是說賈似道小瞧了她們兩位，實在是對於看人，賈似道還是有點信心的。好歹以前的時候，也在公司裏上過幾天班不是？在賭石的時候，也算是經歷了不少事情了吧？而且，對於翡翠飾品而言，除非那些準備進入翡翠行業，把翡翠飾品的收藏視為投資來進行的大老闆，其餘的一些人，若不是對翡翠比較瞭解的話，是斷然不會花費上百上千萬來收藏翡翠飾品的。

不過，感覺到這會兒也是閒著，總不能光看著小倩忙，自己這位老闆絲毫都不幫忙吧？賈似道不由得開口，詢問道：「那你們兩位，大概需要什麼價位的翡翠飾品呢？」

「這個很重要嗎？」時尚女子明顯對於翡翠飾品的挑選，還不是很瞭解，

「我們就是路過這邊，看到開業才進來看看的。難道你不是應該先詢問，我們需要選擇什麼樣的款式嗎？像是翡翠手鐲、翡翠項鏈什麼的。」

「款式是很重要，但是，我個人覺得最先需要確定的，還是你們的經濟承受能力。」賈似道解釋道，「就比如說同是翡翠手鐲吧，從顏色上分，就有紅色、綠色、藍色等等。只要是你們喜歡，看上一眼，很快就能選擇好了吧？」

紅衣女子和時尚女子都點了點頭，賈似道又接著說道：「而款式上嘛，無非就是適不適合你的手來佩戴而已，看中了翡翠飾品之後，拿出來試一下，也是很容易解決的。我們這邊就是考慮到這種情況，除非是極品的翡翠，絕大多數的翡翠款式，都會有不同的大小，以供客戶們選擇。」

隨後，賈似道又指了指小倩那邊，說道：「看到那裏沒有？」

在賈似道說的時候，正有一位客戶點了點櫃檯中的一塊翡翠手鐲，小倩便從櫃檯中，小心翼翼的取了出來，讓客戶親手觸摸感受一下，還可以嘗試著佩戴。這樣的情景，看在紅衣女子和時尚女子的眼裏，可要比賈似道的語言解釋，來得直白多了。

「但是，在價格方面，就說剛才你們看到的翡翠手鐲吧。」賈似道示意了一下，說道，「我們這邊便宜的，有幾千塊錢的，你就可以買到一件，但是貴的嘛，……」賈似道指了指陳列櫃那邊，說道，「可是需要上千萬的哦。」

「上千萬？天吶……」紅衣女子驚訝著吐了吐舌頭，一時不知說什麼好了。

「那我們還是先選擇一兩千塊錢翡翠飾品來看看吧。」時尚女子穩定了一下自己的情緒，說道，「這上千萬的價格，可不是我們這樣的人能夠買下來的。」

「呵呵，如果是這樣的話，那麼，我建議你們先在這邊看看。」賈似道指了指長條形櫃檯上的一塊區域，說道，「這裏面的翡翠飾品，幾乎都是幾千塊錢上下的。比較適合你們的要求。當然了，如果僅僅是欣賞一下，感受一番翡翠的魅力的話，我建議你們也可以比較一下，那些價格差異非常大的，款式又是一樣的翡翠飾品之間，究竟有著如何的不同。相信你們親自比較了之後，會對翡翠有一個不一樣的認知。」

諸如此類的情景，在「綠肥紅瘦」中，此起彼伏的出現著。

不管是那些真正的翡翠收藏愛好者，還是不少以翡翠的名義來刻意提高自己身分的名媛貴婦，或者是原本對翡翠沒什麼認識的新手，在到了「綠肥紅瘦」之後，總會有屬於他們的欣喜發現。

造成這種情況，跟賈似道的精心計畫有關。不說翡翠飾品的品種繁多吧，顏色、質地、水頭上的不同，也是很大程度的賣點，更何況，還有這麼多極品翡翠出現呢？

如果不是因為今天是開業的第一天，大多數翡翠收藏愛好者，比如距離臨海稍微遠一些的人，還沒有全部趕得過來的話，賈似道琢磨著，自己這麼一間小小的翡翠店鋪，都要容不下這許多人了呢。

這從那些客戶臉上的欣喜笑容，就完全可以看得出來。

期間，還有一些原本就在古玩街的地毯上淘一些小玩意兒的人，在好奇的進入到賈似道的翡翠店鋪，聽了李詩韻等人的介紹，再看了不少的極品翡翠之後，詢問有沒有幾百塊錢，最好是幾十塊錢的翡翠飾品，若是有的話，他們也要收藏一件回去。

倒是讓賈似道有種哭笑不得的感覺。

只有自己的東西上檔次了，一家翡翠店鋪的口碑才能傳得出去吧？賈似道琢磨著，自己又不是賣廉價貨色的，所以開業之前才沒有做什麼特別宣傳。若是論到「口碑」，還有比客戶之間的相互宣傳，來得更加真實可靠、源遠久長嗎？

而因為整個翡翠店鋪內的忙碌景象，到了中午時候，賈似道幾人也沒有騰出時間趕去吃飯。最終，還是小倩出了個主意，直接叫了幾份外賣過來，大家就在翡翠店鋪中簡單吃過，將就著湊合了。

到了下午的時間，父親看著忙活的景象，總算是有了幾分緩解，走到賈似道的邊上，拍了拍賈似道的肩膀，語重心長的囑咐了幾句，也就回去了。在那一刻，賈似道分明看到了父親臉上的那種欣慰！

一天下來，經過父親之手的那些金錢，可是鐵錚錚的事實啊。這種形式的解釋，遠要比賈似道在電話中訴說，強得多了。

除了父親提前離開翡翠店鋪這邊之外。第二個走的就是紀嫣然了。和小倩，又或者是母親這些人所不同的是，紀嫣然今天能夠在「綠肥紅瘦」中幫忙，無非就是看到這邊的生意實在是太忙了一些，連李詩韻都加入了幫忙的行列了。紀嫣然在「周記」那邊有過類似的經驗，自然也是應付的得心應手了。不過，到了下午之後，隨著人流量的稍微減少，小倩和賈似道這邊騰出手來，紀嫣然再站在陳列櫃檯這邊，也就沒有什麼太大的意義了。

更何況，許是因為紀嫣然容貌的原因，原本跟在她身邊的顧客非常之多，幾乎和李詩韻這邊的不相上下。不過，哪怕就是面對著顧客，紀嫣然的笑容也是非常的吝嗇，一時間，倒是在顧客的心中贏得了一個「冷美人」的綽號。

和「綠肥紅瘦」中冷艷的翡翠比起來，反倒是有些相得益彰了。

「怎麼。李姐，你是不是也準備離開了？」看到紀嫣然的離去，賈似道來到李詩韻這邊，笑著問了一句。

說起來，李詩韻和紀嫣然的情況差不多，都是看在賈似道的面子上，特意留下來幫忙的。這會兒，店鋪內的生意經過最初的熱鬧之後，也慢慢可以應付過來了，若是李詩韻準備離開的話，也是情理之中。

「我？」李詩韻卻是指了指自己，說道，「我還沒拿到你的報酬呢。」

雖然話語中是存了想要討點小便宜的感覺，卻是讓賈似道心下一暖。這樣的說辭，又何嘗不是李詩韻準備繼續留下來幫忙的藉口呢？想到這裏，賈似道的心中一動，不由得詢問道：「對了，李姐，你準備什麼時候回省城那邊啊？」

「怎麼，你還真的是巴不得我早點走啊？……」李詩韻有些好笑地看著賈似道，說道，「難道是因為，剛才那位跟伯母走得很近的女子？」

「李姐，你說什麼呢。」賈似道忽然間覺察到李詩韻似乎也有八卦這方面的潛質啊，不過，她話語中所指的自然不是紀嫣然了。也不可能是小倩，因為小倩的名字，李詩韻無疑是可以確定的。那麼，也就只有周莎了。

賈似道的腦海中，驀然閃現過周莎的身影，然後，又很快的跟眼前的李詩韻做了一個粗略的比較。不過，在內心比較的結果，卻是打死也不會說出來的。無非是周莎從表面上來看，整個人顯得更加高挑而已。在氣質上，卻是周莎更加的多變一些，李詩韻卻是一慣的淡然和嫻靜。

「我只是覺得，你要是能在這邊留幾天的話，過幾天我也是要去杭州那邊的嘛。這樣的話，不妨我們就一起去省城吧。」賈似道錯開話題，道，「對於珠寶展這樣的大會，雖然省城那邊舉辦的規模怎麼樣，我還不是很清楚，但是。從參與的角度說，我琢磨著，還是有必要去一趟的。」

「省城的珠寶展？」李詩韻嘀咕一下，說道，「依我看吶，你這邊的『綠肥紅瘦』去不去，其實都不太重要。」

「為什麼？」賈似道有些意外。

「因為以你這邊的『實力』而言，去了省城珠寶展所造成的轟動，其實跟你今天開業之後所贏得的口碑，是沒有多大區別的。只要稍微等上幾天，等到來過這邊實地考察的翡翠收藏愛好者們，把你店裏的一些極品翡翠宣傳出去，你的店舖就足以在省內出名了。」李詩韻分析著說道，「或許，你對省城那邊的翡翠市場還不是很瞭解吧。」

聽到這裏，賈似道也是點了點頭，不要說是省城那邊的了，就是在臨海地區的，賈似道對於翡翠一行的市場，還真的不是很瞭解，最多也就是知道什麼樣品質的翡翠飾品，在市場流動上存在多少價值而已。此外，就是什麼樣價位的翡翠飾品，在市場上更容易流通一些。

第四章

極品翡翠的彈性價格

很多時候，極品翡翠的銷售，
就跟古玩街其他店鋪中的珍品古玩一樣，
需要客戶與店主之間長期的磨合，
即便客戶很喜歡一件東西，
也會因為價格上的差異，而磨上一段時間。
說不定，這一段時間，就值個幾百萬呢。

時間匆匆流逝，這會兒才下午兩點多，不過，按古玩街的規矩，晚上是很少開門營業的。

在原先的計畫中，賈似道就是準備白天照常開業，到了晚飯時間就關門大吉。像小倩這樣的售貨員，可以有更多自由安排的時間，而母親也可以有更多時間來休息和調整。

今天一天下來，也算把母親給累著了。雖然，在賈似道看來，母親的臉上總是洋溢著笑容，看上去沒有絲毫勞累，那是一個母親對於兒子的成功的會心微笑，跟身體累不累完全沒有關係。賈似道可不希望看到，在開業最初的三五天，就把母親給累倒了。

賈似道走到母親身邊，小聲地詢問今天的銷售業績。

母親沒有直接回答，而是把發票給賈似道展示了一下。因為有全額退款的業務，對於自己店裏售出的每一塊翡翠飾品，都有存根發票，甚至是照片留存。

賈似道看了一眼那些發票，可以看出，最為暢銷的，無疑是一千元到一兩萬元之間的翡翠飾品。對於這一點，賈似道心裏是有些無奈。臨海畢竟還是小地方啊。一般來說，翡翠市場最為流通的應該是一萬元到五萬元之間的飾品。

在賈似道看來，翡翠飾品的保值效果，雖沒有黃金那麼堅挺，卻也是一個很好的投資手段。不過，就跟鑽石的投資是一樣的。一方面，翡翠屬於不可再生資源，和鑽石類似，但是，即便是鑽石，也不是所有的鑽石都能保值，至少也有個克拉的限制，沒聽說過，那種小到只有幾分的鑽石也能保值的呢。

翡翠也是如此。品質上佳的翡翠飾品，自然是保值的。不說一年漲個三五萬吧，至少三五萬塊錢收上手的翡翠飾品，從最近幾年的價值增長趨勢來看，可以每年漲個三五千的。當然了，要是收藏的是那些價值成百上千萬的珍品，那增加的價值，就不是簡單的百分比可以算得出來的了。

極品翡翠在市場上，向來都是價格一路走高的。此外，影響一件極品翡翠價值的，還有個人的喜好。比如說，一件玻璃種豔綠翡翠手鐲，市場上的流通價值為一千兩百萬元，要是你急於尋找這樣一款手鐲來送人的話，或許就需要付出一千三百萬的價格了。但要是你拿到當鋪去典當，就可能連一千萬都拿不到手。完全是供求雙方誰佔據主動的問題。

不過，好在賈似道的「綠肥紅瘦」中，三萬到十萬之間的翡翠飾品，今天開業以來，也出手了近十件，以此看來，今天一天的營業額，過百萬是沒什麼問題了。至於檔次再高一些的翡翠飾品，越往上的就越難出手。

賈似道注意到，那些價值百萬的翡翠飾品，詢問的人比較少，願意當即付錢的，今天到現在為止，也就是賈似道先前注意過的一位半老徐娘的客戶，她以一百萬的價格，收走了一個玻璃種紅翡手鐲。

對於這種層次的顧客，哪怕不少人今天只是過來看看實物，心中還在猶豫著是不是要當即出手的，賈似道都記錄下來他們的個人資訊。這些，可都是賈似道往後最為主要的潛在客戶啊。

要說賺錢的話，光是靠那些幾千塊錢的翡翠飾品，肯定是沒啥大的盼頭的。就算全部的交易額都給你賺去了，又有多少錢呢？更何況，這裏面還有雕刻師傅的手工費，工具的損耗，至於翡翠店鋪裏的水電費、員工工資就更不用說了。

真要計算起來，要是小額的翡翠飾品，不是依靠數量取勝的話，賈似道都懷疑，自己是不是要虧本了呢。

所以，賈似道的翡翠事業利潤的大頭，還是要依靠那些極品翡翠，這也是賈似道為什麼要從王彪那邊爭取一些高端的翡翠客戶的原因了。而且，極品翡翠的銷售，也不是說誰來了，看中了，就能馬上付錢的。

很多時候，極品翡翠的銷售，就跟古玩街其他店鋪中的珍品古玩一樣，需要客戶與店主之間長期的磨合，說白了，就是因為這上面的價格彈性比較大，即便客戶很喜歡一件東西，也會因為價格上的差異，而磨上一段時間。說不定，這一段時間，就值個幾百萬呢。

這會兒，賈似道想想，一件豔綠色玻璃種手鐲銷售出去，那就是千萬現金，還真的是有點三年不開張，開張吃三年的感覺了。

「對了，李姐，你不如跟我好好說說省城那邊的翡翠市場？」看了看邊上的顧客，算不上很多了，賈似道和李詩韻閒聊起來。

「怎麼說呢，我的『詩韻珠寶』，你是去過的吧？」李詩韻說著，見到賈似道點頭，才笑著說：「你覺得，我那家店鋪和你這邊最大的不同是什麼？」

「不同啊，這可就多了去了。」賈似道一邊說著，一邊思索著：「從店鋪的裝修上來說，風格差異比較大。」

不過，就當賈似道準備侃侃而談的時候，李詩韻卻惱了賈似道一句，直接打斷他說：「你呀，別說這些虛的，說點實際的。」

「我剛才說的店鋪風格，那也是很實用的好不好？至少，針對的消費人群就有不小的差別。」不過，看到李詩韻那越來越有些著惱的臉色，賈似道很快地進入了正題，說道：「真要說起來，李姐，你店鋪裏的翡翠飾品的品種，無疑要比我這邊多出不少，另外，就是對於流行的把握，也要比我強上很多……」對於這些方面，賈似道也實在是沒有辦法。

「綠肥紅瘦」店鋪，才是剛剛開業而已。所有的翡翠飾品，可都是賈似道和許志國幾個人緊趕慢趕給雕刻出來的。要說雕刻的手藝，那實在是沒話說，而翡翠料子的質地，全部都是天然的。但是，要說到翡翠飾品的造型，不得不說，許志國幾人的設計工夫和審美眼光雖然還不錯，但是和大城市裏的一些翡翠款式比起來，卻還有著很大的差距。哪怕就是鑽石，也需要有相應的設計來配襯啊。

在翡翠飾品上，更是需要設計師針對翡翠的色彩、款式進行一些新潮的設計。當然，像戒面、手鐲之類的，都是經典款式，不管在什麼時候都不會掉價，但是，不能指望靠這些經典翡翠款式來吸引消費者更多的注意力。

「小賈，你可不老實哦。你說的都是我的店鋪裏翡翠飾品的優點，卻沒有說你自己這邊的優勢呢。」李詩韻對於賈似道一副愁眉苦臉的樣子很不屑，不由得笑著說：「你不能總是誇我的店鋪，而不說說你自己的吧？」

「這有什麼好說的？」賈似道卻對李詩韻翻了一個白眼，「我這邊最大的優勢，就是極品翡翠數量比較多。」

「對。」李詩韻對著賈似道打了個響指，忽然又覺得這樣的狀態有點兒出格，不由得稍微收斂了一下，說道：「完全正確。可是，你認為去參加省城的珠寶展之後，會有什麼樣的效果呢？」

「那自然是擴大店鋪的影響了。」賈似道順口說道，隨即眉頭就是一皺，說道：「李姐，你的意思是說，只要我的翡翠店鋪能保持現在的極品翡翠的數量，那麼，不管是不是去參與珠寶展，都能夠在省內形成一定規模的影響力？」

「沒錯。」李詩韻答道，「珠寶展，說白了，它的效果也不是你想像中的那麼好。你想啊，我的『詩韻珠寶』也去參加過幾次呢，但是，最後的效果呢？還不是和平常沒有太大的差別。」

「也是。」對於李詩韻的店鋪的經營狀態，賈似道多少還是有些瞭解的。這會兒他點點頭，也不禁有了幾分無奈的感覺。

「省內的翡翠市場，本來就只有這麼大。」李詩韻有些無奈地說，「出名的翡翠店鋪並不多。只要你繼續保持這樣的勢頭，我相信很快就會在省內打出一定的名氣了。而且，翡翠發燒友們的消息，可遠要比我們想像中的更加靈通。」

對於這一點，賈似道倒是放心得很。網上小道消息的流通，可是沒有任何地域限制的。

而讓賈似道慶幸的是，一件有分量的翡翠珍品帶來的轟動效應，遠要比自己去做一些簡單廣告好得多。不管他的翡翠店鋪裏其他翡翠飾品是怎麼樣的吧，光是「十二生肖」、「血玉手鐲」、「絕世雞油黃」、「玻璃種帝王綠翡翠手鐲」這些珍品的出現，就足以吸引大部分的翡翠愛好者前來了。

距離？車費？時間？在賈似道的印象裏，翡翠發燒友說得不好聽一點，那就是敗家！在他們的眼中，就只有珍品翡翠，而不會有其他因素。正如李詩韻所說，省內的翡翠市場就這麼大，賈似道這邊又有著珍品翡翠的優勢，出名那是早晚的事。而去參加省城的珠寶展，無非是增加店鋪的曝光率而已。說不定珠寶展上出現的極品翡翠，還不如賈似道「綠肥紅瘦」裏的呢。

「那李姐你的意思，我就只能這麼等著？」賈似道一時間卻覺得，既然不準備去參與珠寶展，接下來的時間倒是寬裕了，卻也沒有什麼特別的事情要去做啊？就好比一個人，原本是上緊了發條的，突然鬆弛下來，總有一些無所適從的感覺。

「誰說你只能等著啊？」李詩韻說道，「而且，我也只是說了省城的珠寶展你的店鋪完全可以不用去，因為那地方能出現的極品翡翠，本身就不會太多，去了也不見得就有多大效果。而且，珠寶展上的一些人際關係也是錯綜複雜的。但是，其他地方的呢？」

賈似道的眼眸不由得就是一亮。

相比起省城來，上海這個距離最近的大都市，參與那邊的珠寶展，在宣傳效果上，要遠遠好於省城這邊吧？這倒不是賈似道妄自菲薄，感覺省城就比不了上海，而是上海作為長江三角洲地區的龍頭，無疑是有著很大優勢的。

而且，賈似道的生意要是想做大的話，省城那邊就不說了，上海無疑會成為一個很大的跳板。於是，賈似道當即就問了一句：「李姐，上海那邊的珠寶展，大概是在什麼時候啊？」

「這個……」李詩韻莞爾地看了賈似道一眼，「具體的時間，我也不知道。你可別這麼看著我，我的『詩韻珠寶』沒有去過上海那邊參展呢。不過，我倒是知道，在上海那邊，如果你的翡翠店鋪出名了的話，還有機會去香港的。」

不得不說，「香港」兩個字，給了賈似道很大的震撼與深遠的遐想。就翡翠的市場來說，大陸的銷售還是比不上香港、臺灣等地的，尤其是在極品翡翠的交易上。如果賈似道的「綠肥紅瘦」是開在香港，不，就是開在上海的話，賈似道琢磨著，第一天也不可能只完成一筆上百萬的交易吧？

臨海的地域局限性，在這個時候，淋漓盡致地暴露出來，而賈似道對此卻沒有辦法。

「好吧，既然李姐你也不知道的話，不如我就親自去一趟上海好了。」賈似道說道。而且，在內心裏，賈似道也未嘗沒有去詢問一下劉宇飛、王彪的意思。在賈似道想來，他們二位，對於翡翠一行至少會懂得更多一些吧？

接下來幾天，「綠肥紅瘦」的銷售情況正如賈似道所預料的那樣，和開業時候比起來，沒什麼太大差距。就好比是賈似道的翡翠店鋪，在臨海這樣一個小地方，舉辦一個華麗的翡翠展覽一樣。每天從早到晚，小倩成了最忙碌的人，到了後來，賈似道都有些不太忍心了，於是找來了阿三，幫忙一起看著。

不管怎麼樣，總不能讓人家一個女孩子來負責一個店鋪的翡翠銷售吧？

「不過，小賈，說真的，我還是真的挺佩服你的。」阿三一邊應付著客戶，一邊對賈似道說道：「你看看古玩街這邊的店鋪，有哪一家有你這邊這麼高的人氣？這都還沒到週末集市呢。我還真有點期待呢，等到週六的時候，看你的店鋪裏究竟能擠下多少人。」

「我琢磨著，週六的時候估計也不會太多吧。」賈似道說，「至少也不會比今天多到哪裏。」

「嘿嘿，也對。」阿三樂呵呵地說，「再多的話，你店裏也是裝不下的。」

「呵呵。」賈似道卻淡淡地一笑，任由阿三說去了。按照賈似道的預計，這會兒能保持這麼多人前來光顧，雖然有很大一部分原因是賈似道的店鋪裏有不少極品翡翠，隨著開業第一天的口碑流傳出去，這幾天從其他地方前來的翡翠愛好者，更是絡繹不絕，賈似道完全可以從他們的口音中聽得出來。

但是，隨著這第一波的新鮮勁兒過去之後，店鋪裏的客流量自然而然地就會趨向於一個平緩的狀態了。總不至於每天都還有這麼多人吧？而到了週六，雖然古玩街這邊的客流量會有一個急劇的增加，但都是以臨海本地人員為主。這些人裏面可有不少是來參觀過賈似道的翡翠店鋪的。

要是他們在平常的時間路過古玩街，看到翡翠店鋪裏的人又不是很多，那麼，駐足下來再欣賞一下極品翡翠，也是一件很不錯的事情。但是，看到週六的時候人多，那麼，這些看過極品翡翠的顧客，自然不會前來湊熱鬧了。畢竟，賈似道的「綠肥紅瘦」可是店鋪，又不會跑掉。裏面擺放著的極品翡翠，幾乎每天都是那個樣子。什麼時候不好前來欣賞，反而要湊週六的熱鬧呢？

反倒是那些慕名前來的顧客，都是為了「血玉手鐲」、「紫眼睛」的「十二生肖」這些極品翡翠而來的。而且，還不僅僅局限於臨海地區，還有不少人可是從省內其他地區，甚至是從廣東、東北趕過來的呢。

遵循行業內的規定，一般極品翡翠是不允許拍照留念的，除非是購買了「綠肥紅瘦」的翡翠飾品之後，店鋪裏才會特意製作極品翡翠圖片集贈送給客戶。

雖然如此，但是客流量一旦大起來之後，再加上現在拍攝工具越來越先進，不再局限於照相機。比如，某位顧客假裝打電話的時候，就已經把「紫眼睛」給拍到手機裏了，哪怕賈似道特意叮囑過那幾位老楊帶來的保安人員，卻也架不住大家偷偷摸摸的私下手段。

於是，到了最後，只要不是那種光明正大前來拍攝照片留念的，賈似道也就由得他們去偷拍了，只要不太過分就成。如此一來，賈似道的「綠肥紅瘦」店鋪內有極品翡翠的消息，無疑更加真實，也更加充滿了誘惑力。

能有不少其他地區的顧客前來，也在賈似道的預料之內。

不過，其中忽然出現廣東和東北那邊的客戶，卻是讓賈似道的臉上不由得露出了幾分笑意。

在開業那天下午，劉宇飛和王彪，還特意又轉回到「綠肥紅瘦」這邊來找賈似道告別的。只不過，賈似道原先計畫中他們應該各自收購一塊飾品，用來幫助賈似道開業打氣的，卻是沒有實現。

正所謂，行家一出手，就知有沒有。對於劉宇飛和王彪這樣的翡翠大商人來說，一般的翡翠飾品，不管是從雕刻工藝上，還是從翡翠本身質地上來說，還真的不太放在他們眼裏。當時在賈似道的店鋪裏轉了一圈之後，王彪倒是有心想要那塊「血玉手鐲」呢，結果，王彪卻愣是沒有開口。

以王彪的身分和眼光，他自然是非常明白，這款「血玉手鐲」對於如今的賈似道，尤其是對於「綠肥紅瘦」是有著何種的意義了。即便是內心喜歡得緊，他也不好在這個時候提出來，倒是那些玻璃種帝王綠的小掛件，讓王彪和劉宇飛看著很是過癮。

「兩位是不是一人挑選一件呢？」賈似道笑吟吟的說道。

「好啊。」劉宇飛當仁不讓的說了一句，「你要是算作贈送不收我們錢的話，那我就不客氣的挑選一件了。」說著，還遞給了賈似道一個大大的白眼，賈似道頓時訕訕的一笑，很是無語。這些帝王綠玻璃種翡翠掛件，別看個頭不大，卻是精貴著呢。要說是送人的話，賈似道還真有幾分猶豫。

「好了，逗你的呢。」劉宇飛拍了拍賈似道的肩膀說道，「不過，說真的啊，小賈，你這裏的東西讓我看著心動的還真是不少。而我又沒有帶這麼多錢過來，你說怎麼辦？」

「沒錢刷卡啊。」賈似道可不會被劉宇飛給拐了。

「好，算你狠！」劉宇飛咬牙切齒的說道，隨後，伸手一指，就指向了一件賈似道事先怎麼也沒有預料到，卻又是在情理之中的翡翠擺件中，「我就要它了，你說吧，多少價格，可不要告訴我說，這玩意兒是屬於非賣品哦。」

「你還真是給我出了難題呢。」賈似道摸了摸自己的鼻子，苦笑著說道，「你都看到了，那上面並沒有標出價格，自然是不準備出售的了。」

「聽說，這件東西是你自己雕刻的？」王彪在邊上大有深意的說道，「還有那三件十二生肖中的雕刻，也應該和這件翡翠擺件一樣，出自你的手吧？」

「的確是這樣的。」賈似道說道。眼前兩人所看好的翡翠擺件，正是賈似道按照李詩韻的身材體態給雕刻出來的這件。李詩韻走的時候，賈似道還動過直接就這麼送給李詩韻的念頭來著。

一來，也算是償還了在揭陽的時候欠下的債務吧。二來，也算是開業這天李詩韻幫忙的報酬。不過，李詩韻卻是以這件東西可以增長「綠肥紅瘦」的吸引力的名義，暫時把它給存放在賈似道這邊了。

賈似道自然是樂得同意了。仔細這麼一琢磨，未嘗不是李詩韻想要賈似道親自把東西給送到杭州去的意思呢？或者，就是在暗示著賈似道，可以在忙碌過後，去杭州那邊找她！

想到這裏，賈似道的臉上不禁多了幾分著惱的感覺，似乎從揭陽那邊回來之後，還真的沒有特意去看望過李詩韻吧？也難怪人家會有意無意的暗示一番了。

不過，這會兒對於劉宇飛的提議，賈似道只能是苦笑著拒絕了。已經送出去的東西，還能繼續出售？哪怕這件東西的價格再高，賈似道也不會窮到出售它的地步吧？

「不過，這件東西已經有了歸屬了。你們看，是不是挑件其他的呢？」賈似道不由得轉移話題似的說道，「我這邊的翡翠款式，雖不是很有代表性，但品質上還是沒話說的。」

「不如，你就給我們倆每人重新雕刻一件翡翠作品吧，不管是什麼形態的，只要材質上是玻璃種豔綠的，或者帝王綠的也成，你看著辦就好。但是，你可記住了，一定要你親自動手的啊！而且，記得了，是需要有這上面所表現出來的功力的。若不然，可別怪我們到時候不付錢啊。」劉宇飛說。

「我琢磨著，你們兩個在沒有來之前，是不是就商量好這個結果了，剛才故意消遣我的是吧？」賈似道有點回過味來。

「嘿嘿，你要這麼想，我也沒什麼意見。」劉宇飛笑著說道，「對了，小賈，你自己親手雕刻的翡翠作品，一共有幾件啊？說不得，以後我還有要麻煩你的時候呢。」

「就是呢。我這邊，應該也會有機會拿翡翠料子請小賈你來雕刻的。」王彪在邊上應和了一句。

「你們還真以為我是無所不能的啊？」賈似道沒好氣的嘟囔一聲，「以後，但凡是我親自雕刻的翡翠作品，我決定了，全部加價兩成，不，三成！好歹，我也是個老闆不是？出場費什麼的，還是要加一點的。」

「我看成！」沒想到，賈似道隨意的一句話，卻是惹來了王彪贊同的觀念，說道，「而且，小賈你最好還是要控制一下你的作品，在市場上流通的數量。」

「就是。」不光是王彪表示贊同，劉宇飛也是點了點頭，說道，「不但是數量上，還有品質上都要嚴格控制，你以後就別雕刻那些本身品質就一般的翡翠料子了，只要往高端的翡翠飾品上靠近，像是玻璃種的，那是最起碼的，至於顏色上，最好是純潔一些。這對你來說，一來沒什麼難度，二來嘛，你往後總歸會發現有很大好處的。那個，你這麼看著我做什麼？」

劉宇飛的手，輕輕的在空中撫了一下，似乎是在拍散了賈似道看向他的奇怪目光一樣，嘴裏嘀咕著：「我可告訴你，我對男人沒興趣！早上的時候，我和王大哥在你這邊簡單的逛了逛，就察覺到這四件翡翠飾品的雕工很不一般。我本來還奇怪著，你的手下怎麼會有這種手藝的雕刻師傅呢。結果，還是王大哥告訴我，這玩意兒應該是你自己雕刻的。」

賈似道略微一想，就明白過來。自己一次給王彪那位客戶的玻璃種帝王綠觀音玉佩，可就是用異能感知的雕刻方式呢。當即，就點了點頭。

「所以，我和王大哥當時就琢磨著，是不是可以把你這個奇怪的雕刻技藝，給推廣出去。」劉宇飛琢磨著說道，「你可別小看了你的雕刻技藝。我和王大哥兩個人，在翡翠一行也算是有點眼力了吧？我們倆個都看好的東西，你說，能不好嗎？」

「那我作為被你們讚揚的對象，是不是應該高興呢？」賈似道笑著說道。

「隨便你了。」劉宇飛有些無語的聳了聳肩，說道：「反正我是這麼和你說了。這一次呢，你儘快的給我一件樣品，讓我帶回去吧。這樣一來，也算是增添幾分說服力。」

「這個沒問題。」賈似道也不是什麼想不開的人，而且，對於劉宇飛和王彪兩個人的人品也是非常相信的。如果說，要賈似道儘快在當天就給他們兩個雕刻好各自所要求的翡翠飾品的話，還真有著不小的難度。

在翡翠的雕刻工藝上，賈似道雖然有著得天獨厚的異能感知幫助，卻也沒有辦法在速度上達到驚人的地步吧？更何況，在拋光的技術上，賈似道還沒有掌握，還需要仰仗許志國的手段呢。

「我以前剛開始學習的時候，就雕刻過幾件翡翠作品。」賈似道說道，「雖然，那幾塊翡翠飾品，在選材的質地上，是沒有辦法和玻璃種帝王綠這樣的極品比，但是，多少還是能看出一些我雕刻的痕跡的。」

「呵呵，那就成。」王彪說道，「反正我們主要在意的，就是你的雕刻手法，雕刻出來的效果。至於是不是極品的翡翠料子，對於我們這些行家來說，只要看上一眼，就能推斷出置換成極品翡翠料子之後的模樣，沒什麼大不了的。」

「就是。」劉宇飛也是應和著，說道，「如果要用來收藏的話，我們自然是需要極品翡翠料子了。不過，這用來給別人看的嘛，質地稍微差一點，也有差一點的好處。至少，我們在隨身攜帶的時候，不用太過小心翼翼，哈哈……」

這最後的笑聲，在讓賈似道有些汗顏的同時，也感覺到劉宇飛、王彪此時的心情是如何輕鬆和隨意了。

原本劉宇飛還準備留下來觀摩一下賈似道親手雕刻的過程呢，用劉宇飛的話來說，那就是他還有些不太敢相信，賈似道能親手雕刻出效果別致的翡翠飾品來。不過，看到「綠肥紅瘦」的繁忙景象，劉宇飛也只能暫時放過賈似道了。

第五章
神秘的雕刻師傅

董總看了賈似道臉上會不會露出什麼端倪。
只不過賈似道一直都是這樣的表情，
在董總突然說到這樣的翡翠飾品
不應該大量投放到市場上時也沒有什麼變化，
董總的心裏終於算是有點兒相信，
這種效果的翡翠飾品，
的確只有一個翡翠雕刻師傅才能雕刻出來。

看著翡翠店鋪中，從廣東那邊過來的一些翡翠收藏愛好者，以及從東北趕過來的翡翠商人，賈似道的心中不禁洋溢起一絲對劉宇飛和王彪的感激之情。說起來，要是沒有他們的幫助，在賈似道想來，那邊這麼遠的客戶，應該還不會這麼快有消息，就能趕到臨海這邊來吧？

要知道，賈似道的「綠肥紅瘦」雖然在檔次上是做得比較高了，但是終究還沒有脫離翡翠一行的地域限制，如果是在浙江這邊，還算是比較獨特，有著一定吸引力的話，那麼，和廣東、香港那邊比起來，就有著一定的差距了。這完全是地域上的差距導致的。

由此可見，賈似道的特殊翡翠雕刻技藝，對於翡翠一行的行家來說，是多麼重要。

賈似道完全可以想像得出來，劉宇飛和王彪兩個人，為了宣揚賈似道的獨特雕刻技藝，花費了多少心思。不過，因為他們和賈似道事先統一了口徑，他們自然也不會直接說出來，這些別致的翡翠飾品，就是賈似道自己雕刻出來的。

如此一來，神秘感再加上翡翠雕刻技藝本身展現出來的魅力，吸引了不少行家，也就在情理之中了。

賈似道在這些顧客中，遇到了不少老熟人。就好比在廣東時遇到的董總和他的幾位朋友，在猛一見到賈似道的時候，還是表現得非常熟絡的。

賭石一行的圈子就這麼大，要是賈似道再去廣東、雲南等地多幾次，估計一些大商戶就差不多能認全了。對於他們幾位，賈似道也是親自接待的，而且，雙方更是沒有什麼太過客套的話。大家都是行裏人，只要稍微打量一下，就能看得出來「綠肥紅瘦」總體的水準。

「真是不簡單啊。」最終，董總說了這麼一句話，算是對「綠肥紅瘦」的總體評價了。隨後，一行人都來到展示台這邊，董總的一雙眼睛瞇成了一條縫，對著其中幾件極品翡翠仔細打量著。邊上的幾位隨行人員，賈似道也認識了不少。看上去，似乎大家對於這邊的幾件翡翠飾品都興致頗高的樣子。

「小賈，這幾款『十二生肖』，就是小劉說過的，用特殊手法雕刻出來的吧？」董總一邊看著，一邊果然就把注意力放到了賈似道的雕刻技藝上。反倒是隨行的幾位人員中，有的在看著「血玉手鐲」，有的在看「絕世雞油黃」。

「嗯。」賈似道趕忙應了一聲，「還請董總給指點指點。」

這種表面上的謙虛之辭，賈似道還是會說上幾句的。說不定，董總就會在這邊定製幾款極品翡翠飾品呢。

「呵呵，我這還沒說，你倒是奉承起我來了。是不是跟小劉子學的啊？真是好手段呢。」董總也沒有問究竟是誰雕刻的。這種問題，即便是他詢問了，賈似道也肯定不會說，與其問了之後碰釘子，還不如直接忽略過去呢，「現在能不能和我說說，這上面的價格，究竟是怎麼個定法。小劉那小子，可把我給騙慘了。」

「哦？不是吧？」賈似道裝著很是詫異的模樣，好奇的詢問了一句。

「怎麼不是啦？」董總似乎提起劉宇飛來，還有幾分生氣的感覺，也不知是不是裝出來故意做給賈似道看的，「那小子，先是傳了一張照片給我，說是讓我看看有什麼特別的，我自然是認真的查找了。不過，小賈你也知道，小劉手頭的那件作品，在品質上還的確是比較一般，我看了老半天才發現小劉子的目的呢。」

賈似道心下苦笑，他給劉宇飛的那件作品，不說是極品吧，好歹也算是冰種的質地了，雖然在顏色上不是很純粹，但在董總看來，卻是品質一般了，也不知是人家的豪氣，還是賈似道的小家子氣。不過，對於董總這樣的港商來說，賈似道還真是沒話說。

「後來，我就提出要看看實物了，當即就趕到了揭陽。」董總歎了口氣，說道，「本來，看小劉那麼得意的模樣，我還以為是他的『劉記』新出的一塊翡翠飾品呢，結果，那小子卻說是從你這邊淘換來的。至於雕刻手法啊、價值啊什麼的，卻是全部對我保密，你說，他這不是饞我嗎。……在看了實物之後，我更是對這種雕刻的手法喜歡不已了。這不，我就趕到你這裏來了。」

說話間，賈似道倒是也能感覺到董總的幾分誠意。

「那董總您覺得，這樣的翡翠飾品，會是個什麼樣的價錢呢？」賈似道小心的探著話語，說道，「您放心，您還是第一個問起這方面的事呢。除此之外，也就是開業的時候，劉宇飛和王彪王大哥兩位來過了。」

「嗯。」董總點了點頭，賈似道的話說得再明白不過了。既然劉宇飛和王彪來過，那麼，對於賈似道擁有的這種雕刻手法，勢必會有一定的提點。更甚至於，董總還能想到劉宇飛在廣東那邊賣力的幫賈似道吆喝著，說不得，兩人就有了事先的什麼協議呢。

對於董總這樣的生意人來說，只有利益的結合，才是最為可靠的。

而且，他也不會認為，在王彪這樣的大商家和賈似道接觸過之後，他還能從賈似道這邊獲取高額的利益，這也算是賈似道對他的提醒吧：你可聽好了，東北那邊的王彪已經和我交涉過了。你要是想在我這裏佔便宜的話，可不一定討得了好出去。

這種話語之外的深意，賈似道這個當事人雖然不一定能想到，但董總卻是能很快的明白過來。而且，他更加擔心的是，賈似道跟王彪之間有了通力合作，對外封鎖這樣的翡翠雕刻作品的話，那麼，他這一次急匆匆的前來，也算是白白浪費時間過來參觀一下了。

要說董總對於翡翠飾品中出現別致雕刻效果的翡翠，是存在欣賞的心態，還是存著利用它來賺錢的心態。董總肯定會說，兩者皆有。但一定要分出個勝負的話，恐怕還是後者佔據著上風吧？

所以，董總的心中雖然很想詢問一下，王彪和劉宇飛從賈似道這邊有沒有訂過大量的單子，話到了嘴邊，卻是又咽了回去。如果他這會兒就詢問的話，無疑在接下來交易的時候，會處在一個絕對的下風，這可不是董總所希望看到的。

於是乎，在接下來的時間裏，董總和賈似道的談話，更多的都是在打著擦邊球，聊的內容都是翡翠行業中的事情，但是，真正和賈似道的雕刻技藝有關的，卻是很少很少。董總一邊注意著賈似道的神情變化，一邊隨意的說著。

但是，賈似道卻可以從董總的說話中，受益匪淺。

畢竟臨海這樣的地方和香港那邊比起來，還是有著很大的差距。如此一來，即便是賈似道在翡翠一行的造詣再深，也不能即時瞭解港澳臺那邊的市場行情吧？更別說什麼流行趨勢了。和董總的閒談中，卻是更多偏向於這些消息的。

賈似道也就樂得和董總說下去。

末了的時候，董總才找了個機會，和賈似道說些具體的目的，這個時候的董總，感覺到人情牌也打得差不多了，交情也套得不錯，接下來，自然該是他的打算了。兩人到了「綠肥紅瘦」的二樓，好在這樣的地方，談一些翡翠上的事情，還是非常的合適的。

「小賈，我就直接說吧。」董總開門見山，沒有絲毫忸怩作態，說道：「我個人非常看好這種獨特的雕刻手法。所以，我準備，如果條件允許的話，引進幾件到香港那邊去。」

在董總看來，既然廣東地區有劉宇飛了，而北方又有了王彪，對於這兩個人和賈似道之間的關係，董總不覺得自己可以撼動，而且，董總自己的經營地盤，和他們的也沒有什麼太大的交集，所以他不如就直接提出香港合適一些。

「當然，要是臺灣那邊，你沒有找到合適的合夥人的話，我也可以給代理一下。」董總補充說，「我在臺灣那邊也還是有點門路的。」

「對於董總您的門路，我自然是沒有什麼懷疑的。」賈似道點頭說，「不過，您也知道，翡翠的雕刻可不是容易的事情，特別是一些別致的手法，在這上面可是需要花費很多時間的啊。」

「這個是自然。」董總笑著答道。

「我這邊只有一位雕刻師傅能雕刻出這樣的效果來。我倒是想讓其他雕刻師傅也學呢，但是，實在是太難了，不太現實。」

賈似道考慮著說道：「您看，這在數量上就有一個很大的限制了。我這麼跟您直說吧，劉兄與王大哥那邊，暫時都還沒有從我這邊提到什麼貨呢。要不然的話，劉兄也不太可能拿一件中高檔的翡翠飾品給您看了。」

「這個……」董總一愣，想到劉宇飛給他看的那件翡翠飾品，還真的如同賈似道所說的那樣。不過，很快的，他的臉上就重新洋溢起笑容來，甚至比先前更加興奮一些。既然連劉宇飛和王彪都沒有提到貨，足以說明賈似道這邊的雕刻手藝師傅，不管是不是一位吧，至少是比較少的，那是肯定的了。

要不然，賈似道完全沒有必要放過這種賺錢的機會。

「如此說來，我倒是著急了。」董總先謙虛了一句，「不過，既然是只能小批量地生產，那麼，是不是可以專門走高檔，甚至是精品路線呢？」

有時候，賈似道不得不感歎，這些精明的大商人們，還真是英雄所見略同。董總在片刻間的想法，竟然是和王彪、劉宇飛等人完全相同，也只有賈似道，才會對自己的雕刻技藝無動於衷吧。

哪怕就是許志國，在看到賈似道雕刻出來的翡翠飾品之後，也只是讚歎一句雕刻的手藝不錯，或者就是認為賈似道有朝一日會成為一個出名的翡翠雕刻師，卻沒有想到，這樣的技藝是可以在行業內形成一種轟動效應，並且帶動無窮利益的。這就是眼界上的差距啊。

「是的。」賈似道點了點頭。

賈似道續說道，反正這也沒什麼好隱瞞的：「王彪大哥也是這麼建議的。如果時間允許的話，應該一個月出一件翡翠飾品，比較合理。」

董總聞言，不由得眉頭就是微微一皺。

這「合理」二字，可算是非常有講究的。可以理解成是賈似道手下的雕刻師傅，一個月只能雕刻出一件翡翠飾品，又或者是賈似道存了想要壓貨的心思。畢竟，這東西可是高端翡翠飾品，即便是董總也不得不承認，如果數量多了的話，無疑會造成價格上的損失，而要是數量少了的話，對於賈似道來說，又有點不划算。誰不希望多賺點錢呢？沒有人會和錢過不去。

「那王總和小劉子那邊，還沒跟你說好銷量吧？」董總不由自主的，就跟著賈似道的思路走了下去。到了這個時候，也不由得他了。要是他不從賈似道這邊提貨，根本就沒有什麼別的門路。而賈似道卻可以通過劉宇飛進軍香港市場，無非是在過程上和速度上稍微慢一些而已。

董總在看到劉宇飛給他看的翡翠飾品的時候，不是沒有想過，讓自己手下的雕刻師傅也學習、模仿一下，但是結果卻徒有其形。就說翡翠飾品上的那些簡單的雕刻痕跡吧。

一個手藝精湛的雕刻師傅想要模仿出來，完全沒有問題。但是，那也僅僅是模仿罷了。每一塊翡翠料子的質地、紋理、色澤、水頭都完全不同，哪怕就是按照雕刻痕跡來仿製，也很難出來那種效果。

就是賈似道自己，想要親手雕刻出兩件完全一樣的翡翠飾品來，也是不可能的，就更不要說是其他翡翠雕刻師仿製的了。

這樣一來，也難怪董總會對賈似道擁有這種雕刻效果的翡翠飾品如此上心呢。

「還沒有。」賈似道很肯定地點了點頭，「不過，你也看到了，我這邊店鋪裏的『十二生肖』形態的翡翠飾品，只展出了三件，就是因為其餘九件已經設計好了，翡翠料子也有了，卻還沒有時間雕刻出來。」

「能不能先緩一緩『十二生肖』呢？」以董總的精明，自然可以看出「十二生肖」是一整套的：「可以先嘗試著雕刻一件其他翡翠飾品出來，探一探市場行情嘛。」

說到最後，董總跟賈似道的談話，似乎更像是在幫著賈似道出主意一樣。

正當賈似道感到有幾分不可思議的時候，董總馬上接了一句：「你看，香港那邊向來都是翡翠飾品的最佳銷售市場。如果你想要試驗一下，這個類型的翡翠飾品究竟有著什麼樣的潛力的話，是不是可以放在香港市場呢？」

賈似道嘴角苦笑著，說道：「這還真是一個不錯的主意呢。」

對此，不要說是賈似道了，就算劉宇飛和王彪兩個人也在這裏，也只能這麼附和，難道還能說內地翡翠市場比香港那邊的更加繁榮？這不是睜著眼睛說瞎話嘛。如果說內地的全部翡翠市場聯合起來，還能比得過香港，那麼，從單獨一個城市來說，就完全沒有可比性了。

「那小賈你的意思，就是同意我的說法嘍？」董總忽然提高了一些聲音，「如果小賈你確定的話，我們現在是不是可以就這件翡翠雕刻作品的形式、質地、價格等方面進行更進一步的商談呢？」

聽董總的語氣，似乎是生怕慢了一步，賈似道就改變了主意一樣。

「呵呵，董總，您完全可以放心，只要價格合適的話，選擇先投放到香港市場那邊，不管是對於我來說，還是對於劉兄、王大哥來說，都是非常有利的。」賈似道琢磨著說道。

「那麼，這個類型的翡翠飾品的定價，又是怎麼預算的呢？」董總詢問道，「這麼說吧，小賈，你現在的打算是直接把雕刻出來的翡翠飾品交給我來處理，聯繫買家，又或者乾脆送上拍賣行？」

「這個，就要看董總您的打算了。」賈似道說，「對於我來說，一件兩件的翡翠飾品，只不過是小利益，重要的還是長期合作，是不是？」

「那是，那是。」董總點了點頭。

「所以，在我看來，這第一件翡翠飾品嘛，最好是能形成一定的轟動效應。」賈似道說，「不過，也沒有必要弄得人盡皆知的，到時候，供不應求的話，我可不希望別人都找到我這裏來。你也知道，想要在翡翠一行吃得開，人際關係是很重要的，但是，與此同時，也會被不少人情關係給羈絆住吧？」

「說起這個，我也是深有體會啊。」賈似道的人際關係，跟董總比起來，無疑要遜色不少。賈似道都能感到不易，在這方面，董總就更有發言權：「按照小賈你的意思，那就儘量不要上大型拍賣會了。」

董總琢磨了一下，約莫想了幾分鐘，才接著說道：「你看這樣成不成，對於這第一件翡翠飾品，我們心裏都比較看好，但是，也有個限度不是？如果送到大型拍賣會上，雖然一定會有轟動效應，卻會被其他拍品給削弱了。不如直接依靠我在香港那邊的個人關係，來搞一次小型拍賣會，如何？」

「這麼一來，豈不是太麻煩董總您了？」賈似道有些驚訝地說道。賈似道可不認為，董總會為了這麼一件翡翠飾品，而花費如此多的心思。他一邊詢問著，一邊很好奇地看向董總，似乎是在等待著董總的答案。

董總訕訕地一笑，說道：「當然了，這樣一來，這件翡翠飾品能賣出去，很大的程度上依靠的還是我個人，或者說是我的翡翠公司的人脈。你看，是不是在這件翡翠飾品的歸屬上……」

賈似道頓時就明白過來，董總的打算是什麼了。敢情人家不僅是要操辦翡翠飾品的拍賣過程，而且更為重要的是這件翡翠飾品的擁有權啊。

想到這裏，賈似道當即很乾脆地就點頭答應了下來，說道：「放心吧，如果董總真的要最大限度地宣傳這第一件翡翠飾品，那麼在東西的歸屬上，肯定會讓您滿意的。」

「那就好，那就好。」董總笑著答道，「另外，我能不能提一個小要求呢？」

「哦？」賈似道心裏好笑，做了個請的手勢。

「不管小賈你自己是怎麼想的吧，想必，對於這種工藝雕刻出來的翡翠飾品，應當是非常有信心的。」董總先恭維了一句，接著說道：「不過，你也知道，要是我僅僅因為有這麼一件翡翠飾品，就利用自己深厚的人脈，甚至自己整個翡翠公司的關係來幫忙宣傳的話，在你看來，是不是有點小題大做了呢？」

賈似道能想到坐享事後的利益，董總這樣的大商人自然也不傻，肯定不會純粹地來幫助賈似道而已。要是沒有利益的驅使，很難想像董總會這麼心平氣和地坐下來跟賈似道談生意。

「那您的意思是說，要先跟我這邊簽訂一定數量的翡翠飾品合同？」在賈似道想來，也只有這樣才能打消董總心中的那份擔憂了。如果董總的手頭，在還沒有宣傳之前就把握有一定數量的翡翠飾品，自然也就各有所得了。

「兩個選擇！」董總伸出兩根手指頭，「第一，就是按照小賈你說的，我們簽訂一份長期合作協議。這樣，對於你我來說，都算是有一個比較長遠的利益保障了。不過，因為這樣的翡翠飾品，畢竟還只是在雕刻的工藝上比較出眾而已，能不能有太高的利潤暫且不說，長久合作的話，也會導致市場上這種類型翡翠飾品的數量急劇上升。」

說到這裏，董總很有深意地看了賈似道一眼，似乎是在揣測賈似道真實的目的一樣。略微一沉吟，董總接著說道：「你看，在香港那邊，自然是由我的翡翠公司來全權代理這種品質的翡翠飾品的銷售了。但是，在大陸呢？東北那邊的王彪暫且不說，距離香港實在是有點遠。而廣東的小劉，肯定不會不銷售這樣的翡翠飾品吧？」

「那是肯定的。」賈似道點了點頭。只要賈似道這種風格的翡翠飾品一旦公開銷售，劉宇飛或多或少都能拿到一些貨源。對於這個情況，賈似道也沒什麼好隱瞞的：「劉兄的份額，不說占的比例一定要達到多少吧，有，卻是毫無疑問的。」

「所以，不管怎麼說，我這邊跟小劉那邊，存在著一定的市場上的交集，也是不可避免的。」董總既然能從香港到大陸這麼來去自如，也就可以想像得到，香港那邊的翡翠飾品的潛在客戶，從香港到廣東去購買是如何方便了。

「如此一來，我和小劉的兩份合約勢必會相互影響。」董總考慮著說，「尤其是比例分配，都是需要深入考慮的問題。」

「這個倒是。」賈似道無奈地點了點頭。東西是死的，賈似道可以把香港地區的翡翠飾品限定在一定數量之內，可顧客是可以靈活行動的，不受限制的。對於這一點，賈似道也沒有辦法。

而且，賈似道可不能保證，同樣的價錢，在香港那邊可以賣得出去，在大陸就一定能夠賣得出去。這利益上的差距，對於賈似道來說，還有些太大。但是，對於董總來說，卻是這會兒就需要考慮到的了。

「那麼，第二點呢？」賈似道不由得問道。

「這第二點嘛，呵呵，第一點說的是長遠打算，雖然繁雜了一些，裏面需要協商的問題也不少，卻能比較穩定地保證大家的利益。」董總說道，「而這第二點，卻一個暫時的權宜之計，賭的就是這種翡翠飾品的市場潛力了。」

「哦？」賈似道心裏一歎，「聽董總這麼一說，我心裏倒是非常好奇，感覺有那麼一點意思了。」

「呵呵。」董總樂呵呵地說著，一點兒也不著急，就好像這會兒談論的事情和他沒有關係一樣：「既然長遠的合作比較麻煩，那麼，小賈你是不是可以考慮一下短期合作呢？」

「只交易這麼一件翡翠飾品？」賈似道有些醒悟過來，「如果是這樣的話，我這邊肯定是沒問題的。」不要說是董總如此提議了，就是董總不說，賈似道心裏也巴不得是這麼一個結果呢。

以王彪和劉宇飛的眼光來看，這種款式的翡翠飾品，在市場上會造成轟動效應，那是絕對的。至於究竟能達到多大，暫時誰也不知道，卻可以預先判斷得出來，隨著翡翠飾品投放到市場中，會有越來越多的翡翠收藏家注意到它。價格雖然會出現不小的波動，但是，相比起其他雕刻工藝的翡翠飾品來說，佔據著優勢，卻是肯定的。

如果董總只要求交易這麼一件翡翠飾品的話，賈似道自然是樂得答應了。不過，董總在剛才的談話中也說過了，他不可能只為一件翡翠飾品，就盡力宣傳。這裏面究竟還有什麼樣的玄虛，就需要等待董總親自解答了。

「一件的數量，那肯定是不夠的。」果然，董總很快就補充道：「我的意思是，小賈，你可以先以一個比較高的價格，把率先雕刻出來的至少五件翡翠飾品，都交給我來處理。」

「這樣不太合適吧？」賈似道心頭一震。

「事先的宣傳，打開市場所需要的花銷，全部由我們公司來負責。」董總很肯定地說，「小賈，你需要做的只是等待這種翡翠飾品投放市場之後的效果，然後待價而沽。如果效果好的話，你可以繼續賺很多錢，如果效果不好，你也不會有太大的損失，完全沒有任何風險。無非就是讓我去冒一次險，賭一賭，這種翡翠飾品的市場潛力究竟有多大。」

「董總，你的市場，應該就是在香港那邊的吧？」賈似道琢磨著說道。

「這個也不一定。」賈似道一開口，董總似乎就明白了他的意思，不由得笑著說：「如果香港那邊的買家競爭得厲害，從而引來內地的一些收藏大家，我自然也不會拒絕。」如果說，要在大陸找很多翡翠收藏大家來購買的話，價格或許還比不過香港那邊。但要是找一兩個藏家，那可就難說了。

「另外，在我手頭的這些翡翠飾品還沒有售出的情況下，你總不能緊著出售新的款式吧？」董總大有深意地對賈似道說了一句。

第六章

億元交易

作為補償，賈似道提出，
董總可以對即將雕刻出來的五件翡翠飾品，
適當地提一些要求。
而在用料上，賈似道事先就說明了，
肯定會有一款是玻璃種帝王綠翡翠料子，
另外四款，以玻璃種的豔綠、陽綠為主。
這五件翡翠飾品，交易的金額肯定超過一億元。

如果賈似道真這麼做的話，董總想要最先做出來的五款翡翠飾品，也就沒有任何意義了。說到底，董總的第二條建議就是，賈似道先給自己的翡翠飾品估一個價。而他呢，也報出一個價格。總的來說，董總有信心，自己給出的價格會讓賈似道比較滿意。然後，賈似道就賣董總一個人情，讓董總把這五件翡翠飾品全都給收過去，讓他先出手，試一試市場行情。

賺了，是董總的事情；虧了，也是董總的事情。和賈似道都沒有什麼關係。這樣的方式對於賈似道來說，的確是沒有什麼好擔心的。

就好比賈似道出五塊翡翠原石，直接賣給了董總，而董總這邊來解石、切石罷了。宣傳方面的事情，如果賈似道真的答應下來了，壓根兒就不用擔心董總不賣力。誰會跟自己的錢過不去呢？

但是，另外一方面，只要這種翡翠飾品足夠出名了，董總無疑賺取到了很大的名聲。任何事物，第一個，總是會被人銘記的。就好比第一個吃螃蟹的人，獲取的利益也是最大的。賈似道甚至相信，只要第一件翡翠飾品的出售操作得當的話，接下來，董總也不會急著把第二件翡翠飾品給拿出來。正所謂，物以稀為貴。

對於這一點，賈似道明白，董總自然就更明白了。不過，時間拖得長了，對於董總來說，自然是有利的。而對於賈似道來說，卻很無奈。尤其是董總加了一句：在他的東西沒有出售完之前，賈似道不能把新的翡翠飾品投放到市場上。這就完全限制了賈似道的利益。

也許是猜到了賈似道的心思，董總趕忙解釋道：「當然了，我也不是那種會把手頭的翡翠飾品故意壓貨一兩年的人。那樣的話，我也實在是太不厚道了。」

賈似道卻沒好氣地瞥了董總一眼。要是商人在交易的時候，還有厚道可言的話，那大家乾脆就都明碼標價，直接按照廠家價格出售東西好了，也就沒有無商不奸的說法了。

「三個月！」董總對著賈似道比了一個手勢，「只要給我三個月的時間，三個月之後，不管我這邊的翡翠飾品是不是銷售出去了，小賈你都可以繼續把東西給投放到市場。」

「成！」賈似道也不是優柔寡斷的人，很乾脆地說：「三個月就三個月。不過，這價格上嘛……」如果價格不能讓賈似道滿意的話，這交易的方式，可就要由賈似道說了算了。

要讓一位大商人盡心地幫你做宣傳，最好的辦法是什麼？是讓他的利益和你的利益結合在一起，還是完全地把這些利益中的彈性部分都交給他呢？答案是不言而喻的。再說，三個月的時間，五件翡翠飾品說多不多，說少也不少。賈似道的「綠肥紅瘦」才剛剛開業，需要操辦的事情還比較多。尤其是賈似道還準備去參與上海的珠寶展呢，甚至直接參加香港的珠寶展。

有了董總這方面的關係之後，也更利於賈似道去香港不是？

「呵呵，那我們接下來就談談價格問題吧？」董總對於這點倒是看得開，「小賈，你自己認為，這樣的翡翠飾品，有著如何的市場價定位呢？」

「和一般同檔次的翡翠飾品比起來，價值可以多出五成以上。」賈似道笑盈盈地說著，伸出了一隻手。

「五成？」董總苦笑著說，「你真這麼有信心啊。」似乎是在董總看來，五成的利潤，比起他的預計要多出很多。

「要知道，這可是絕無僅有的哦。」賈似道卻不去看董總的表情，「任何事物一旦遇到『絕無僅有』四字，不管東西怎麼樣，至少會有一個質的提高吧？」

「可是你也知道，這些翡翠飾品是會陸續投放到市場中的，對於市場價格的衝擊，也就可想而知了。」董總說道。

「這個，董總您完全可以放心。」賈似道很肯定地說，「你也知道，我這邊能雕刻出這種效果的雕刻師傅，就只有這麼一位，按照正常的速度來看，你覺得一年能出多少件翡翠飾品呢？」

如果按照揭陽那邊的雕刻速度來算的話，估計三五個月的，才能雕刻出一件翡翠擺件呢。有的，甚至還會需要花費掉三五年的。當然了，如果僅僅是雕刻翡翠手鐲之類的，卻也不需要這麼多的時間。

賈似道話語中的意思，是沒錯。但是，也很好的為自己留下了餘地。若是以後市面上出現的這種效果別緻的翡翠飾品的數量，出乎了董總預料的話，賈似道也能從雕刻工藝上的繁雜程度來解釋一下。

你總不能要求一位翡翠雕刻師傅，在雕刻一件翡翠手鐲的時候，跟雕刻一件翡翠擺件用去相同的時間吧？

賈似道和董總你來我往地砍著價錢。

在和劉宇飛、王彪商量的時候，賈似道就琢磨著，價格應該在市場價格的基礎上，上浮三成左右。但是，在董總這邊，他一開口就說了個五成，無疑是打算猛宰董總一頓的意思。誰讓董總在剛才的交談中，很大時間都是佔據著上風呢？

最終的結果，是兩個人各讓了一步，按照高於普通翡翠飾品四成的價格成交，賈似道則需要把第一批五件翡翠飾品雕刻出來之後，全權交給董總來處理。董總事先需要交一定的定金，在收到翡翠飾品之後，立即完成尾款的交付。而三個月的時間，自然是從董總收到翡翠飾品的那一天開始算起了。此外，賈似道也答應，會在一個月之內，把五件翡翠飾品全數送上。

說到這裏，董總還有些詫異地看了賈似道一眼，似乎是在心中重新計算著賈似道這邊這種別致的翡翠飾品的雕刻速度。賈似道則淡笑著，說了一句：「這不是手頭還有幾件存貨嘛。」

具體的數量，賈似道沒有必要說。這「存貨」二字，也是為以後的交易數量埋下了一個伏筆。如果這種效果的翡翠飾品真的交易火爆的話，賈似道不介意在三個月期限過後，狠狠地往市場上砸出幾十款同樣工藝的翡翠飾品。

當然了，賈似道也有些隱晦地提出，先前跟王彪的交易過程中，自己在東北那邊已經出售了一件玻璃種帝王綠翡翠觀音掛件了。不過，考慮到那位客戶是一位真正的翡翠收藏大家，不會輕易地把自己的藏品亮出來，所在的地方又是北方，和董總在南方的交易圈子相距甚遠，董總也就沒有太過在意了。

而作為補償，賈似道提出，董總可以對即將雕刻出來的五件翡翠飾品，適當地提一些要求。

這可不是用料上的要求。在用料上，賈似道事先就說明了，肯定會有一款是玻璃種帝王綠翡翠料子，另外四款，以玻璃種的豔綠、陽綠為主。

即便如此，僅僅是這麼五件翡翠飾品，交易的金額卻肯定會超過一億元。賈似道的腦海中驀然閃現過「一億」的字眼，心裏有些驚喜。

當然了，為了更好的取信於董總，賈似道也說了，除了玻璃種帝王綠的那一款之外，其餘的四款都是存貨。這也算是變相的應證了，賈似道這邊雕刻一件翡翠飾品，所需要的時間是需要一個月的吧。對此，董總也算是滿意。畢竟，越是高檔的翡翠料子，再加上比較獨特的雕刻技藝，所雕刻出來的翡翠飾品，也就越是有宣傳的噱頭，越是有利可圖。

若不然，真要是每一款都是劉宇飛交給董總過目過的那種質地，哪怕就是雕刻的手藝再怎麼精湛，董總也不會坐在這邊，如此的和賈似道進行一番詳談了。

雖然，有四款的翡翠顏色是豔綠、陽綠，比起帝王綠來，稍微的有了幾分不如，但好歹也是極品的顏色不是？而尤為讓董總欣喜的，卻是賈似道所提出的，他可以根據自己的喜好來對那款即將雕刻的翡翠飾品，提出建議！

「小賈，這麼跟你說吧。」董總考慮了一下措辭，說道，「既然那四款翡翠飾品已經是成品了，我也就不多說了。你能不能先介紹一下翡翠飾品的形態呢？不然，我也不好對還沒有雕刻的這一塊提出建議，對吧？」

「呵呵，是我疏忽了。」賈似道訕訕一笑。董總一共所要的翡翠飾品就只有五件，賈似道都說了其中的四件是屬於「存貨」，自然是已經定型了的。如此一來，董總要求先瞭解一下，也是無可厚非。

「如果方便的話，是不是可以讓我提前上上手呢？」董總有些媚笑著說道，「當然了，這可不是我信不過你小賈，而是，這樣的別致的翡翠飾品，任誰知道了都會想要先睹為快的。」

「大家都是行裏人，您的心情，我完全可以理解。」賈似道點了點頭，說道，「按說，您都這麼跟我說了，我自然是應該應允的了。不過，您也知道，有些雕刻技藝比較出眾的雕刻師傅，總是有些脾氣的。」

「哦。」董總淡淡的應了一聲，顯然是對這個答案稍微的有了幾分失望。只是賈似道的話語讓人挑不出什麼毛病來。哪個有才藝所長的人，沒點脾氣呢？反正這四塊翡翠飾品要先給董總過目，那是遲早的事情，董總也不急於一時了。

而邊上的賈似道，卻是暗自的苦笑一下，這就是隨便說謊的代價啊！別說是四件了，就是讓賈似道再拿出一件兩件的來，也是不可能的事情呢。說不得，從今天以後，賈似道就要好好的努力一把，趁機多雕刻一些翡翠飾品出來，為往後的事業做準備呢。不然，真要是遇到了類似的情景，還真不太好應付！

「不過，對於那四塊翡翠飾品的具體模樣，我多少還是知道一些的。」賈似道說著，腦海中開始想像起來，自己手頭的翡翠料子倒是不少，但是，也不能胡亂瞎編。這個時候，賈似道每說一款樣式的翡翠飾品，董總肯定都會牢牢記在心上的。若是到時候，賈似道沒辦法拿出相應款式的翡翠飾品，又或是一時間找不到合適的翡翠料子來雕刻，勢必會引起董總不小的懷疑。

「哦？」董總點了點頭，嘴角也終於有了幾分笑意。「那我就洗耳恭聽了。」既然沒有辦法親手接觸一下，能從賈似道的口裏聽到一些描述，也是個不錯的主意。至少，賈似道是那位翡翠雕刻師傅的老闆，多少知道一些翡翠飾品的具體模樣，還是很正常的。而且，董總也不會「傻傻」的認為，賈似道說是只有四塊存貨，就一定是只有四款吧？

「其中就有兩件，是雕刻的翡翠手鐲。」賈似道裝著一副思索的模樣，說道，「在質地上都是玻璃種，顏色也是上佳的陽綠，大小更是比較類似。」

「這個倒是不錯。」董總應和了一句。對於四塊翡翠飾品中有翡翠手鐲，董總一點也不意外。賈似道是琢磨著，自己雕刻出翡翠手鐲、翡翠戒面這些，是最為省時省力，只要翡翠料子的大小顏色合適，就能很快的雕刻出來。而董總則是覺得，在翡翠雕刻的選擇上，越是高檔的料子，就越是應該雕刻成經典的形態。

除非是客戶對於自己所要的東西有要求。若不然，在董總的眼裏，雕刻工藝繁雜上乘的一塊翡翠擺件，在價格上可能會比相同重量、品質的翡翠手鐲要虛高上幾分，但是，在流通上前者卻是肯定不如後者的。

如果設身處地的想一想，董總的手下有一名雕刻技藝翡翠出眾的雕刻師傅，手頭又有不少的翡翠料子，在排除用來給那位雕刻師傅練手之後的那些翡翠飾品，董總肯定是希望全部都雕刻成經典的款式了。

至於劉宇飛手頭的那一塊，董總也自然的認為，那就是用來試手的作品。

一想到這裏，董總對於即將出現的四件翡翠飾品，也更加充滿了期待：「既然是一副型號相同的翡翠手鐲，在出售的時候，更容易製造噱頭，就是在這價格上，多了幾分變數。玻璃種陽綠的翡翠手鐲，可不便宜啊。」

不過，賈似道怎麼聽，怎麼覺得董總的話語裏是存了幾分欣喜的感覺的。普通的玻璃種豔綠戒面，在市場價格上就能上千萬呢，而手鐲，自然會更加高上一些。再加上賈似道這邊雕刻效果別致的翡翠飾品，在提價上就需要比市場價格高上四成，如此一來，董總非但沒有為即將支付的大筆資金而皺眉，反而有些許的興奮。

由此可知，董總這樣的大商戶，在翡翠一行的魄力，究竟是如何的大了。而手頭的資金，又是如何充足了。

賈似道原本因為又將有一億多的資金到賬，而微微有些得意的心思，頓時就恢復到了平靜的狀態，穩了穩自己的心緒，才解說著道：「沒錯，那一副陽綠的翡翠手鐲，我已經是見識過了的。在雕刻的手藝上，董總您完全可以放心，絕對讓您滿意。」

「對於這一點，我還是能信得過小賈你的。」董總笑著奉承了一句。

賈似道聞言，也是「呵呵」一笑。心下裏，賈似道卻是不會相信董總的話的。反正董總簽收東西的時候，肯定是會過手的，如果遇到不滿意的，肯定會提出意見。別看這會兒兩人討論的事情，都是針對大方向上的一致，對於細節上，都沒有任何的意見。但真要到了交易的時刻，細節才是真正決定價格的。

而且，賈似道也很明白，董總所說的所謂市場價格，遠不是賈似道擺放在店鋪內的那個市場價格，而是賭石一行的商人之間的那種「更低」一些的內部價格。即便是如此，賈似道擁有了「四成」的利益之後，也是滿意了。

說到底，賈似道現在賺的錢，就是「雕刻的工藝」的價錢。以翡翠料子的價值，面對董總這樣的大商戶，是賺不來什麼利潤的。要知道，他的手頭自然不會缺少玻璃種豔綠這樣的翡翠原料了。

「剩下的兩款，說起來，我也不是很清楚呢。」賈似道說，「如果董總真的比較著急的話，可以留在臨海這邊，讓我盡一盡地主之誼，過個三五天的，我就能把東西拿來讓您過目，您看如何？」

「三五天時間？」董總琢磨著說，「我也不急在這三五天的時間了。你看這樣成不？小賈，你呢，儘快雕刻出第五件翡翠飾品來，而我也回香港那邊籌集一下資金。這五款翡翠飾品，可不便宜啊……」

短時間內，董總是能拿出這麼一筆資金來，但是，能拿出來並不表示對他其他方面的資金使用沒有絲毫影響。

賈似道點了點頭，說道：「那就這麼說定了。到時候，咱們貨款兩清，也算是預祝我們合作愉快了。」

「呵呵。」董總笑著應了一句，「合作愉快。」

「至於第五款翡翠飾品，董總有什麼好的建議呢？」賈似道詢問，「質地上，肯定會使用玻璃種帝王綠的料子，而形態上……」

「形態上……」董總猶豫了一下，「還是雕刻出一些名堂來比較合適吧。」

「莫非是因為已經有了豔綠翡翠手鐲？」賈似道原本還以為董總會提議雕刻翡翠手鐲呢。

「自然不是。」董總笑著解釋了一句，「難道小賈你就沒有發現，這種雕刻的技藝，在雕刻擺件的時候，有著更大的優勢嗎？」

「原來如此！」經過董總這麼一提醒，賈似道頓時一拍自己的大腿，情不自禁地贊許了起來：「我說，難怪董總你希望雕刻翡翠擺件呢。」

在「綠肥紅瘦」中，賈似道僅僅展出了四塊自己親手雕刻的翡翠飾品。但是在款式上，卻沒有一款是翡翠手鐲、翡翠戒面。而能夠造成現在這般在行家眼中比較轟動的效果，自然是賈似道的特殊雕刻工藝的功勞。

但是不可否認的是，這樣的雕刻手藝，也是有著它的長處和短處的。

作為翡翠款式中比較常見的翡翠手鐲、翡翠戒面，哪怕就是翡翠珠鏈，都是講究圓潤。在翡翠料子表面上所做的花樣，自然而然就少了許多。而正是因為這些款式的翡翠飾品，能夠最大程度保證了翡翠本身的特點，才賦予了它們「經典」的字眼。

若是依靠著雕刻師傅的努力，而把一件幾乎要垮掉的翡翠料子，變廢為寶的話，也只能說那是一件翡翠飾品中的「精品」，而不會成為「經典」。就好比是賈似道在廣東那會兒遇到的「風雪山神廟」一樣。就是因為翡翠料子中的「草芯子」的密密麻麻，最終和「雪景」完美的結合在一起，造就了一塊中低檔的翡翠料子，在雕刻出來之後，成為了一件得意之作！

而賈似道作為親手雕刻的人，對於自己異能感知的最大長處，自然也就非常瞭解了。那就是能夠比常人更瞭解翡翠料子中本身的紋理，更容易因材施「刻」。再加上一點點異能的幫助，而在用「刀」的時候，體現出來的一些特別之處，就形成了賈似道雕刻翡翠的風格了。

這樣的技藝，在雕刻翡翠手鐲的時候，或許能夠更加鮮豔的彰顯出翡翠料子本身的質地，但若是要說到「噱頭」，要說到給人視覺上最直觀的震撼，還是類似於「蛇形翡翠耳釘」這樣比較「技術」性的雕刻。

就說根據李詩韻的原型雕刻而成的那塊翡翠擺件吧。寥寥幾筆，手工上並不複雜，卻是因為翡翠擺件上的凹凸不平，而體現出一種獨屬於女子的神韻，這本是賈似道的雕刻所展現出來的最大魅力了。

董總這樣的行家，即便是沒有看到賈似道所雕刻的翡翠手鐲，但是，從「綠肥紅瘦」的翡翠飾品，以及劉宇飛給他看過的那一件，歸納總結起來，也能夠對翡翠手鐲雕刻出來後的效果猜個八九不離十。

而作為親手雕刻的賈似道自己，卻直到董總的提醒才能回味過來，自己所雕刻的翡翠飾品最大魅力所在，不由得在接下來說話的時候，就有了幾分汗顏的神色了。一直到了送董總下樓時，賈似道的心神，還有幾分恍惚和無奈呢。

似乎不僅局限於瓷器這些比較久遠的行當，哪怕就是賈似道一直以為自己比較擅長的翡翠一行，也是有著許多底蘊的吧？

第七章

壽宴上的鬥寶賽

連賈似道也不是很清楚，
在泥硯裏的東西，究竟是不是價值上百萬呢。
與其在「鬥寶」還沒有開始時退場，
還不如趁著手頭還有東西，拿出來賭上一把呢。
哪怕就算是失敗了，
也脫不了一個「賭」字不是？

時間如流水，在忙碌中悄悄逝去。正當賈似道的生意蒸蒸日上的時候，阿三倒是來了興致，約賈似道去昌化見識一下雞血石，考慮到和董總的訂單即將完成，加上賈似道自己對雞血石也很有興趣，當即就和阿三定好了時間。

一個星期之後，賈似道約上阿三，開車去往昌化。到達昌化鎮玉岩山市集區的時候，兩個人的手氣倒是一般，沒有什麼收穫，反而結識了另一位在臨安開店鋪的店主楊思懿小姐。說來也巧，這位楊小姐曾經去過臨海，與阿三有過一面之緣，當初楊小姐也是找衛二爺鑒定古玩時認識阿三的。

在楊小姐的盛情邀請下，賈似道和阿三又轉道回到了臨安市區，參觀了楊小姐的「石之軒」店鋪，楊小姐這才透露出，晚上是父親壽辰，擇日不如撞日，順便邀請兩個人去她家做客。

面對楊小姐的邀請，賈似道欣然應允道：「哦，既然來了，又這麼湊巧，伯父的壽宴自然是要去參加的了。不過，會不會太唐突了呢？」而對面的楊小姐到了這個時候，臉上忽然就像是笑開了花一樣，有那麼一瞬間，賈似道覺得，今晚的這個壽宴有著什麼陰謀。

「本來，我父親是準備自己在家裏簡單意思一下就可以了，奈何朋友們非要給他擺宴，而且，還特地弄了個猜寶鬥寶的活動，所以到時候會有很多圈內的人都會過來。」楊小姐說道，「賈先生也是玉石一行的人，這樣的聚會又怎麼會唐突了呢？」說著，楊小姐就讓店裏的服務員很快送過來兩張請柬。

賈似道粗略一打量，請柬上鑲嵌著金箔，整體紅色，顯出了幾分莊重。這個時候，賈似道的思緒已經不再是考慮楊小姐父親的壽宴了，而是到時候可以遇到好多玩玉石的同好，或者古玩行內人。

認識這些人，走進這個圈子，不要說是賈似道了，就是對還在外面欣賞著雞血石雕刻的阿三來說，也是不無益處的吧？

拉著在看到請柬之後還有些迷糊的阿三，出了「石之軒」的大門，賈似道的心頭還有了幾分悵然的感覺。

至此，賈似道也算是明白了，楊小姐之前連續兩三天都去玉岩山腳下採購雞血石的原因，正是因為她父親的壽宴。雖然楊小姐在很早之前就準備好了一份賀禮，卻因為其父喜好賭毛料，所以，為人子女的，自然也就樂得投其所好了。

楊小姐的打算，就是新選購一塊雞血石毛料，在壽宴上作為賞玩之用。這在行內人的眼裏，實在是再尋常不過的事情。

「我說小賈，這請柬是怎麼一回事啊？」被街道上的風這麼一吹，阿三總算有點兒回過味了，轉眼就開起了賈似道的玩笑：「該不是讓我陪著去見見丈母娘和岳父的吧？」

「去你的，沒個正經。」賈似道白了阿三一眼，「這麼和你說吧，我是因為把你給賣了，她才給我這兩張請柬。怎麼樣，是不是有點意想不到啊？」

「能賣給這麼一位女子，我也認了。光是她的那張嘴，就值回票價了。說不定，我內心裏還真是這麼希望的。嘿嘿……」阿三感歎了一句，「真是可惜了俺家裏的那位小媳婦啊。」說完，他還一副搖頭晃腦的模樣，兀自裝模作樣著。

賈似道原本還想感歎什麼來著，看到阿三這副樣子，一時間，倒是連說話的興致都沒了。阿三忽然回過頭來，小聲地詢問一句：「小賈，你說我這麼想著，是不是太邪惡了一點點？」

「是啊——」賈似道回答的時候，把聲音拖得老長老長，完了，才小聲嘀咕一句：「還真是沒救了呢。」

考慮到離晚上壽辰還有一點時間，賈似道和阿三就去了臨安市頗負盛名的一家古玩店「雲來閣」閒逛，還別說，賈似道看上了一方泥硯，阿三也買了兩件瓷器，也算是不虛此行。

到了晚上，兩個人才開著車，到了請柬上所寫的「臨安宮」。

光是從名字上來看，自然可以猜出，這個地方，肯定是具備了臨安這個縣城的特色了。而且，賈似道和阿三到達的時候，也是恍然間就有些明白過來，楊小姐的父親為什麼會選擇在這個酒店裏過自己的壽辰了。

「臨安宮」算是比較貼近古玩一行的仿古建築群了，雖然屬於中外合資的五星級酒店，卻沒有走摩天高樓、奢侈裝飾的路子，而是以古典風雅的手法，溶入了中華幾千年歷史的精華，走的是歷史文化的路子，讓人在這邊吃飯用餐，本身就會顯出一份底蘊。

阿三剛一下車，就揶揄賈似道一句：「看上去，這規模不小啊。」

賈似道聳了聳肩，說道：「究竟是什麼樣子，進去不就知道了？對了，聽楊小姐說，今晚上可是有不少同行來捧場呢，說不定我們還能見到幾個老朋友。」

畢竟，以臨海和臨安之間的距離，說遠不遠，說近不近，古玩一行本來就是這麼小一個圈子，只要稍微涉足，多少還是能遇到幾個熟人的。對此，阿三也點了點頭。

因為有了請柬，兩個人也知道楊老爺子等人所在的大廳，剛一進入酒店，就由服務員引領著到了地點。賈似道注意到了這麼一個細節，這邊的大廳都是以生肖來命名的，有十二個大廳。楊老爺子等人自然是佔據了「鼠廳」，畢竟，楊老爺子是屬鼠的，也好圖個吉利嘛。

以「石之軒」在臨安的名氣，以楊老爺子這樣的年紀，當賈似道和阿三到達的時候，客人們送來的東西，都已經是進進出出地搬運了好幾趟了。

「要是我活到六十歲的時候，有這樣的排場，也不枉到人世間走了這一遭了。」阿三笑著對賈似道說，一邊說著，一邊取出在中午準備好的一點薄禮。原來兩個人還商量著要送點什麼禮物，不過，一來，兩個人是突然知道這個消息的，並沒有什麼好準備的東西，要是直接開車回臨海，在時間上比較趕不說，賈似道和阿三也覺得沒有那個必要。二來，楊小姐這樣邀請賈似道，在賈似道看來，無非就是存了想要賈似道認識一下「石之軒」這邊的交際圈子而已，以便可以更好地進行合作。

所以，賈似道和阿三一合計，兩個人的壽禮就顯得有點兒輕了。這一次來，最為主要的，就是要在壽宴上摸清「石之軒」的能量，也要體現出賈似道的「綠肥紅瘦」的優勢來。其餘方面的事情，都只是順便了。

不過，到了這會兒，當阿三把準備好的東西遞過去的時候，那位接受禮物的造冊之人，看著賈似道和阿三的目光，無疑就輕視了幾分。要不是明眼可以看到兩個人手中握著請柬的話，都會懷疑，是不是有人故意混進來沾光的呢。

賈似道也是暗自苦笑一聲。幸虧遞東西的人是阿三，以阿三的老練，倒也不至於在造冊之人面前丟臉，要是賈似道自己的話，說不定，這個時候就有點下不來台了呢。

阿三卻不慌不忙的，先是看了看周圍的環境，忽然發現有人是空著手直接走進大廳裏的，不由得就手指了指那一邊，原本的意思，可能是存了想要提醒一下，那位可是連東西都不帶就上門啦。不過，造冊之人看到之後，卻露出了一副恍然大悟的神情來，說道：「原來兩位是來鬥寶的啊，請，這邊請……」

這前後態度上的轉變，實在是讓賈似道和阿三摸不著頭腦。

「對了，二位登記誰的名字呢？還是一起都登記了？」那人小聲地詢問著。

「還要登記名字？」賈似道和阿三對視一眼，阿三很大方地笑著說：「那就登記賈先生吧。賈寶玉的賈……」說完，還對著賈似道眨了眨眼睛。

雖然賈似道還有些弄不明白，這所謂的「鬥寶」究竟是怎麼回事。當時楊小姐在邀請的時候，也的確說過這樣的話，只是，那會兒賈似道也只是以為這個「鬥寶」，就是拿出一些稀罕的東西來，讓大家品評一下而已，就跟普通的鑒寶活動差不多。但是現在看來，卻似乎是有點兒不太一樣了。

也許是注意到賈似道的愣神，那位造冊之人也熱心了不少，說道：「請您放心，我會登記上賈先生的，到時候要是時間到了，會有司儀過去提醒您的。」

「哦！」賈似道有點兒不懂裝懂地點了點頭，也不再去管「鬥寶」究竟是怎麼回事了，反正只要自己心裏記得有這麼一件事情就成了。反正人都來了，而且，阿三也這麼說了，船到橋頭自然直吧。

總不能在這個時候，讓阿三承認說自己剛才是開玩笑的，而讓賈似道向眼前的這位造冊之人具體詢問一下什麼是「鬥寶」吧？

兩個人進入到大廳裏。大廳正面搭了一個小小的禮台，上面有一個兩米見方的燙金「壽」字，鑲嵌在一堆大紅牡丹花叢之中，顯得分外喜慶的感覺。賈似道環顧了一下大廳，竟然擺下了五六十桌酒宴，人頭攢動，幾乎有一大半的位置已經有人就座了。

阿三拉著賈似道，走到一個角落裏，安靜地坐了下來。剛一落座，賈似道就開始觀察起來，而阿三卻和邊上的一位年輕人搭訕起來。當然，並不是女的。這會兒的阿三，完全是很正經地尋找著自己聊天的對象，最大的目的，自然是想要瞭解一點「鬥寶」的具體過程了。

「這位先生，看你的樣子有點臉生，應該是新進珠寶玉石行當的吧。」被阿三搭訕的那個年輕人，有些好笑地和阿三打著招呼。

直到這個時候，賈似道才從欣賞壽宴上的眾生相中擺脫出來，轉而打量起阿三身邊的男子起來。那是一位將近三十歲的人，這會兒他的手中正舉著一杯紅酒，眼神看向賈似道和阿三，也是頗多莞爾。

賈似道不由得就是老臉一紅，也不知道阿三和對方的搭訕，究竟說的是什麼，似乎讓對方一眼就看出了阿三的陌生。不過，阿三卻很無所謂的樣子，笑著應對了一句：「嘿嘿，老兄還真是好眼力啊，一眼就看出了兄弟我是個珠寶玉石行業的新手。」

「這麼說，兄弟你還真的是嘍？」對方似乎是對於自己能說對了很開心，笑著說道：「其實，我也不怎麼喜歡宴會，這次就是過來長長見識的。」

「哥們兒你可是有點兒不太厚道啊。」阿三趕緊在說話的語氣和稱呼上變得更加熟絡起來，「竟然是忽悠我們來的。我們可是特意從外地趕過來的，你這麼對我們，是不是有點兒歧視呢？」

「哪能啊。」對方答道，「我是看著兩位有點眼生。只不過，我自己也不太參與這種宴會，平時見的人本來就不多……」說到最後，對方有些沒心沒肺地笑了起來。或許，在他想來，只要是年輕人，在珠寶玉石行業裏都應該是新手吧？

正當賈似道這麼想著的時候，對方卻解釋了一句：「我父親是這邊珠寶理事會的人，所以，業內比較出名的一些人，我大多是見過的，就算是他們身邊的一些年輕人，我也算是非常熟悉，倒是沒見過二位。」

「都說了，我們是外地的，難道浙江這麼大，所有行內的年輕人，你都能認識嗎？」阿三有些沒好氣地說道。

「現在我們不就認識了嗎？」對方伸出了手，「我姓楊，單名一個帆字，帆船的帆。說起來，還和今天的壽星公有點兒關係呢，都姓楊。不知兩位先生尊姓大名呢？」很簡單的話語，卻在無形中拉近了和阿三、賈似道的距離。

阿三也是一愣，似乎有些不太相信，自己隨便搭訕就能遇到楊家人一樣。互相介紹了一下之後，楊帆卻對賈似道有些好奇地多打量了幾眼。

「怎麼，難道我的穿著有什麼不對嗎？」賈似道好奇地問道。

「呵呵，那倒不是。」楊帆笑著說，「最近這兩天，我聽說在臨海那邊有一家『綠肥紅瘦』翡翠店鋪開業，東西檔次可是很高的啊。而且，我還聽說那家店鋪的老闆，有個很奇怪的名字，是叫『賈似道』來著，該不會就是兄弟你吧？」

賈似道和阿三對視了一眼，賈似道摸了摸鼻子，說道：「還真就是我呢。」

「那可是要大大恭喜了啊。」楊帆臉上的笑意很自然，似乎是發自內心的：「這店鋪的口碑很不錯，我在臨安這邊都聽到風聲了呢。要不是最近有楊老爺子的壽宴，說不定我就自己跑去臨海看看了。」

「哦，楊兄也是喜好翡翠的人？」賈似道詢問道。

「也還算是吧。」楊帆琢磨了一下說，「具體來說，其實我也就是對賭石比較有興趣，不管是賭翡翠，還是賭雞血石，都還算是有點門道。不過，和賈兄的成就比起來，我就顯得有些相形見絀了。」

「這個也說不好的。」賈似道說，「以楊兄的談吐而言，想來在賭石上的造詣，也不會是易與之輩吧。」

「呵呵，不說這個了。」楊帆轉移了話題，「我可還沒有自己的店鋪開業，也沒有什麼身家，大多是賭漲一塊之後，緊接著就是接二連三賭垮，反正，我就是沒那個一直賭漲的命。可不像賈兄，幾個月賭下來，就是一間高水準的翡翠店鋪啊。」如此一番恭維之後，楊帆話鋒一轉：「不過，二位還真是好雅興啊。莫非是賈兄的手頭，帶了極品翡翠原石過來？」

「怎麼說？」賈似道心頭一動，暗自道了一句，終於說到了重點啊。阿三和楊帆的搭訕，不就是為的這麼一個消息嘛。當然，賈似道對於阿三在壽宴上第一次搭訕，選擇的第一個人就能夠清楚地知道「鬥寶」的門道，還是非常讚賞的。賈似道一邊問著，一邊還朝著阿三遞出一個幹得不錯的眼神。

阿三也是心領神會地笑笑，頗有些期待地看著楊帆。

不過，楊帆的反應卻讓賈似道和阿三頓時感到一陣苦澀：「難道賈兄沒有聽說過『鬥寶』？」那語氣，那表情，似乎是見著了什麼奇怪的事物一樣。

「也不是。」阿三趕緊解釋了一句，「我們只是不太明白臨安這邊的規矩而已。」說完，還一副老神在在的模樣，賈似道琢磨著，這個時候的阿三不去當一個神棍，還真是可惜了。

「原來如此。」楊帆聞言點了點頭，似乎是有所深思，隨後才問了一句：「那麼，賈兄也是帶了翡翠原石過來的嘍？」

賈似道聞言卻搖了搖頭，別說是翡翠原石了，就是一般的雞血石之類的賭石一行的東西，賈似道可是什麼都沒帶，要是說真有什麼東西的話，也就是和阿三中午的時候剛剛收過來的那塊泥硯了。

「翡翠原石我倒是沒有帶過來。」賈似道解釋道。他感覺楊帆一直強調需帶翡翠原石過來，賈似道琢磨著，這「鬥寶」應該就是和自己平時見到的珠寶玉石比拚有些類似，至少從字面上理解就是這個意思。所以，賈似道情不自禁地補充了一句：「不過，我倒是帶了其他一些東西過來。只是，剛才阿三提到我的名字，建議我參加『鬥寶』，也是臨時決定的，到現在為止，我都還有些不太明白『鬥寶』究竟是怎樣進行的，勝負又是如何判定的。」

「就是。」阿三說道，「原本我還以為，這『鬥寶』和我們那邊的規矩一樣，所以，心裏也沒太在意，覺得反正也是過來祝壽的，自然是要湊個熱鬧了。不過，現在聽楊兄你這麼一說，我們倒是感覺這裏面似乎是別有玄機啊。這勝了、負了，結果又要如何呢？」

說到這裏，阿三還歎了一口氣，說道：「看來，還是我剛才的做法有些太過冒失了。也不知道等會兒，我們會不會碰到難堪的場面呢。」

「呵呵，這個倒是不會。」楊帆笑呵呵地說了一句，「類似的『鬥寶』，主要還是在廣東那邊比較流行，我們臨安這邊，也就是遇到了一些熱鬧事情的時候才會舉辦幾次。我還記得上一回『鬥寶』是在一年多以前呢，那會兒就是在省城的珠寶展之後，我們這邊的人得到了一些雞血石珍品，於是，就舉辦了一次民間『鬥寶』，規格不是很高，但是，卻勝在熱鬧。而且，所有前來參與『鬥寶』的人，都是自發的。整個現場，由幾個有名望、比較權威的專家來評判，最終以實際拍賣價格的高低來定勝負。勝者就能獲得參鬥者預先交付的所有參鬥費。」

「這個，不就跟地下賭石差不多嗎？」賈似道聽著聽著，倒是有點兒明白過來了。敢情在參與「鬥寶」的時候，還需要支付一定的參賽費。而且，所有的參賽費也會由最後的勝利者拿走。

「也不能這麼說。」楊帆顯然也是知道地下賭石的，不由得解釋道：「就說上次的『鬥寶』吧，首先在類型上就不一定，有的是瓷器，有的是書畫，當然了，這和那次『鬥寶』是民間的也有著一定關係，但是，最為主流的，卻還是雞血石。其中，就有一位藏友因為雞血石而獲勝，最終獲得了二十萬獎金。其次，和地下賭石不同的是，地下賭石到了最後，幾乎是所有參賽的作品，也會被獲勝者收走，在這邊的『鬥寶』，卻沒有這個規矩。」

「呵呵，這樣的規則倒是不錯。」賈似道暗自嘀咕了一句。要是真的和地下賭石一樣的話，在壽宴這樣的地方舉辦「鬥寶」還真是不太合適。

「今天晚上這次，則是因為楊老爺子的幾位朋友的倡議才舉辦的。總的來說，也算是民間的一次活動吧。只要是自忖自己手中的寶物價值過百萬的，而且是限於珠寶玉石類的，就能夠參與。而且，一經參與，也就算是同意以底價一百萬開始起拍，要是當場有人出價，並且超出一百萬這個價格的話，那麼，就可以成交轉讓。這就是在『鬥寶』之前的環節，被我們稱之為『獻寶』。」楊帆解釋道。隨後，他還抿了一口紅酒，似乎是在回味著酒杯中紅酒的味道，又或者是在感慨著自己剛才所說的話。

「可惜的是，我手頭上並沒有什麼拿得出手的東西來。要不然的話，還真是可以參與一下這樣的活動。」楊帆說道，「要是你的東西在拍賣的時候獲得了比較高的價格，那麼，在結束拍賣之後，會當場評選出成交價格最高的三件寶物，分別為金、銀、銅獎，還有額外的獎金，分別為三十萬、二十萬、十萬。」

「還有獎金可以拿？」阿三好奇地說道。

「那是。」楊帆點了點頭，「這些獎金，可都是楊老爺子的幾位朋友事先籌集好的，也算為老友慶壽添一份熱鬧了。」

「六十萬獎金，還真是出手大方呢。」阿三笑著說了一句。如果是在其他行業的話，或許六十萬的確是很不錯了。不過，對於古玩一行而言，真要論到那些收藏大家，幾十萬的資金不多，倒也符合眾人為楊老爺子祝壽的情理。

「我聽楊兄剛才也說了，前來參與『鬥寶』的人，還真是為數不少，要是僅僅就為了這六十萬獎金的話，恐怕還沒有這麼大的吸引力吧？」賈似道卻比阿三想得更深一層。雖然，楊帆的確說了「鬥寶」的一些基本情況，但是在具體的細節上，卻還有著許多不妥之處。

就比如這些參與「鬥寶」的人，肯定不會僅僅為了這麼一些獎金。而在「鬥寶」上，是不是前來祝壽的人會參與每一件物品的競拍，或者這些參與「鬥寶」的東西，是不是存了各方的勢力要在臨安這邊顯示自己的收藏底蘊的契機呢？

「這個是自然的了。要是僅僅就為這個三十萬獎金，以你賈兄的家底，你會不會在意呢？」楊帆也是有些莞爾地看了看賈似道，隨即，還特意在賈似道身上來回打量著，似乎是在尋找什麼東西一樣。

「難道這個『鬥寶』，還跟小賈的長相有什麼關係？」阿三在邊上不由得揶揄道。

楊帆訕訕一笑：「你前面那一句說的，還真的是沒什麼錯。不說和賈兄的長相有關吧，卻也是和某個人的長相有關的。」

「哦？」這一下，倒是連賈似道也好奇起來了。

「難道你們兩個真的不知道這個原因？」楊帆看著賈似道和阿三說話間似乎真的是一副愕然的模樣，不由得大是驚奇：「如果你們不知道的話，那還問什麼參與『鬥寶』的環節啊。啊……你們兩個，該不是真的就是為了獎金去的吧？」

楊帆那怪異的眼神，讓賈似道感覺有點渾身不自在，只能苦笑著說道：「我還真是不知道呢。要是早知道的話，這會兒我也不會來問楊兄你了。」

而邊上的楊帆，在見到阿三和賈似道的對話之後，也是在心裏有些相信，眼前的兩個人在事先是真的不知道今晚「鬥寶」的最大目的了。順著賈似道的話頭，楊帆就說了一句：「賈兄你要是真不想參與的話，也不是不可以。」

「哦？真的？」賈似道驚訝地說，「我就說嘛，一個自發組織的『鬥寶』會，又怎麼會規定報名了的人就一定要參與呢？」

「嘿嘿，這個可說不定的。」阿三這時說道，「要是我沒有記錯的話，臨時不想參加『鬥寶』的，只要在喊到名字時，自認自己的東西低於百萬價格就可以了，無非也就是落個白眼，惹來大家的笑話罷了。」

一番話下來，說得賈似道的臉色瞬間就有些沉了下來。

「我說阿三你都知道『鬥寶』了，你剛才是不是故意啊？」賈似道不由得提高了幾分聲音。

「沒錯。」阿三也點了點頭，「在最開始的時候，我這不是還摸不準嘛。不過，到了這會兒，有了楊兄的解釋之後，我琢磨著，到時候你該怎麼謝我好呢？你說是不是，楊兄？」

說到這裏的時候，阿三對楊帆眨了眨眼，楊帆也是一臉莞爾地再度打量起賈似道來，一邊看，一邊點了點頭：「不錯，是挺不錯的。」

賈似道一頭霧水，不過，就在賈似道感到自己有些不想去理阿三和楊帆的時候，楊帆卻直接解釋了一句：「今晚參與『鬥寶』的，大多都是年輕人，其實還有最重要的一個原因，那就是楊老爺子的女兒楊思懿了。」

「楊小姐？」賈似道的腦海裏不由自主地浮現出一個小麥色肌膚，充滿了紅唇誘惑的女子形象。

「不過，這個可是私下裏的消息啊，二位可不好把這個原因給直接擺到臺面上來。」楊帆說道，「正如阿三所猜測的一樣，很多人都是為了楊小姐來的。人家可是待嫁之身啊，也是楊老爺子的心頭肉、掌中寶。憑著楊家的財產、地位以及楊小姐自己出類拔萃的條件，這幾年在臨安這邊，可是不乏年輕俊傑的追求啊。你們想啊，這楊老爺子的壽宴上，這些荷爾蒙分泌過剩的傢伙，又怎麼會放過呢？」

「還真有這麼回事呢。」賈似道嘀咕了一句。

「嘿嘿，小賈，這會兒，你總應該要感謝我了吧？」阿三笑嘻嘻地說道。

「感謝你個大頭啊。」賈似道卻很無語地瞪了阿三一眼，「你倒是給我先弄一件價值過百萬的收藏品過來，讓我可以去參加啊？」

「呃，二位，聽我說一句……」楊帆有些無奈地看著賈似道和阿三，「難道你們真是一點東西都沒有準備，就直接在名冊上簽了要參與『鬥寶』的名字？」

「是啊。」賈似道點頭。

「是啊。」阿三也點了點頭，不過，比賈似道要稍微好一點的是，阿三還解釋了一句：「只是，也不儘然就是這樣。我們倒是帶了幾件東西過來的，只不過，當時並不知道只有珠寶玉石類的收藏品才能來『鬥寶』的，只能怪自己沒有弄清楚規則了……」

楊帆沉默了，看著賈似道和阿三兩個人，一副很無語的模樣。阿三也是聳了聳肩膀，表示自己也無能為力。賈似道的腦海裏則開始琢磨，該不是到時候，真的就要說自己的東西價值不夠百萬，而直接放棄了呢？

如此一來，丟人不說，賈似道想要在楊老爺子壽宴上對其示好，不但要還了楊思懿的招待人情，順便也要爭取一下「綠肥紅瘦」和「石之軒」合作的目的，算是徹底沒有機會了。

忽然，想起了自己的背包中和阿三的瓷器放在一起的那塊泥硯，賈似道原本還有些擔心的臉色，卻在轉瞬間變得舒展了不少。

即便連賈似道自己，到了這會兒也不是很清楚，在那塊泥硯裏的東西，究竟是不是價值上百萬呢。但是，到了這個時候，賈似道也沒有更好的辦法了。與其就這麼淒淒慘慘地在「鬥寶」還沒有開始的時候就退場，還不如趁著自己手頭還有東西，拿出來賭上一把呢。哪怕就是失敗了，也脫不了一個「賭」字不是？

「看賈兄的神情，似乎是想到了什麼好辦法啊？」很快的，賈似道的神情變化就落在楊帆的眼中，不由得當即就詢問了出來。

「是啊。」既然想通了自己要拿來參加「鬥寶」的東西，賈似道的神情自然也就變得活絡了不少，聽到楊帆的詢問，不禁有些高興地說：「既然都已經到臨安這邊了，自然是要會一會這邊珠寶玉石行的朋友們了。」

一聽這口氣，阿三不由得奇怪地看了賈似道一眼，說道：「小賈，你該不是真的氣糊塗了吧？按照我的意思，到時候，你就直接拿我的一件瓷器充個數，雖然不見得能去參與『鬥寶』吧，至少也說明咱們不是過來這邊忽悠人的不是？」

「瓷器？」楊帆一愣。

「是啊。」阿三笑著說，「重新介紹一下，本人是從事瓷器收藏一行的，至於珠寶玉石嘛，那只不過是我的副業而已。」說著，阿三還特別鄭重地伸出了手。

楊帆見了，笑著握了一下，看著阿三的眼神，頗多怪異。楊帆似乎對於阿三這樣的性格，以及阿三能和賈似道成為很要好的朋友，感覺到有些想不通。

「楊兄，你就別理會阿三這個傢伙了。」賈似道有些無奈地說。他覺得自己這個時候是不是當做不認識阿三為好呢？想到好笑處，他的臉上也有了幾分笑意：「他就是這麼個人，你要是真接著他的話頭往下說，他啊，都能給你兜個三天三夜的話題。」

「這才叫性情中人啊。」楊帆也是一愣，隨即才拍了拍自己的手，如此說了一句，引來阿三一陣喝彩。

「不過，賈兄，不知道你的想法究竟是什麼呢？如果真的是阿三所說的瓷器的話，自然是不太合適了。」楊帆琢磨著說，「最好是翡翠原石之類的，在這個方面，賈兄可是很擅長的啊。要知道，待會兒群寶展示的時候，各人帶的東西可都是爭鋒鬥豔的，真要是到了那會兒，再想要退出的話，可就有點兒不雅了。」

「那是自然的。」對於楊帆的擔心，賈似道也很理解。畢竟，在開始的時候，賈似道可就告訴楊帆了，他沒有帶著翡翠原石過來。如此一來，也應該不會有翡翠首飾之類的東西了。而對於一個玩翡翠的行家而言，除去翡翠之外，還能有什麼價值過百萬的東西呢？

要說賈似道和阿三的那個包裹，原本對於那玩意兒，楊帆還是存了幾分期待的心情的。不過，在阿三說了裏面是瓷器之後，楊帆想要見識見識的心情也就不那麼急切了。

賈似道臉上微微一笑，心裏琢磨著，是不是應該就此解開謎底，和他們兩個說說自己究竟是準備拿什麼來參加「鬥寶」的時候，在「鼠」廳內，忽然就響起了一首歡快的樂曲，連帶著原本白亮如晝的燈光，也逐漸轉入了昏暗。

怎麼回事？賈似道心頭一動，他發現，在原先剛一走進來就看到的那個「壽」字邊上，打亮了一道耀眼的強光，配合著燈光照映著的地方，金色的絨布一片燦爛。

隨後，一位兩鬢斑白、銀髮和黑髮夾雜在一起的健碩老者，在一位白衣禮裙女子的相挽之下，微笑著走來。這之間有濃濃的親情，甜甜的摯愛，有兩代人生命傳承的意義，有讓人怦然心動的幸福和美麗……

第八章

泥硯中的秘密

禮儀小姐有點兒顫抖地舉起了手中的小鐵錘，
全場的人幾乎都憋住了呼吸，
眼瞅著小鐵錘高高揚起，又快速落下。
「呯」的一聲脆響，泥硯一下子就碎裂成了好幾塊。
眾人的眼睛一下子睜得大大的，
這塊泥硯中肯定是有著不尋常的東西的。

緩緩走來的他們相依相偎著，這種血脈相連、相依為命的父女之情，此刻表現得淋漓盡致。在場的人，無一不是暗中叫好的，漸漸的就響起了經久不息的掌聲。

有些上了年紀的人，是不是在心中那溫暖的一角，也在憧憬著，自己是不是有一天，也可以成為這樣溫馨畫面的主角呢？抑或，這僅僅是人生中最為絢爛和諧的一瞬間？

而在眾人的掌聲中迎接出來的一老一少，自然就是今晚的壽星公楊老爺子和他的女兒楊思懿了。對於楊思懿，賈似道並不陌生，今天她穿著白衣禮裙，讓她增添了幾分柔美，彷彿在這個時刻，她那精緻的容顏也變得柔和了許多，那白衣飄飄的模樣，有一種公主般的高貴，也多了一些小女人姿態。

楊小姐扶著自己的父親，到了大廳正中那張圓桌子邊坐下，楊家的親友以及楊老爺子的老朋友們，也都是分為兩邊落座。至於遠到賈似道、阿三等人所在的角落裏，這個時候倒是沒有這麼多講究，看到楊老爺子已經就座之後，大家都各自重新坐了下來，而大廳內的燈光也重新明亮了起來，華彩一片。彷彿剛才那個片刻的美麗畫面，僅僅是在眾人的眼前一閃而過一樣。

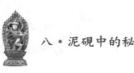

「好戲就要上演了。」因為楊老爺子的登場而站起來鼓了一陣子掌的阿三，這會兒卻抿了一口紅酒，悄悄地對著賈似道說了一句：「小賈，跟我說句實話吧，雖然我很看好你跟楊小姐，但是，待會兒你可也不要做出什麼傻事來啊。」

「什麼意思？」賈似道微微一愣。

「這不是還有一個『鬥寶』活動嘛，我就怕你到時候出了什麼岔子。哎，雖然我是好心，但是，你可不要到時候真的推我出去啊。」阿三有些苦口婆心地說道。

「嘿嘿，實話告訴我，是不是看到某個熟人，感到自己待會兒要丟人了啊？」賈似道卻一眼就看穿了阿三的偽裝，要不是這樣的話，阿三又怎麼會在這個時候低聲下氣起來？這可不符合阿三的行事風格。

「高，果然不愧是小賈。」阿三赤裸裸地奉承了賈似道一句，至於究竟是哪個熟人，他卻沒有直接指出來。賈似道更是有了幾分懷疑，看了阿三一眼，嘴角露出一個玩味的微笑。

「好吧，我投降。」阿三趕緊示意道，「一個女人而已。不過，也不是臨海那邊的，而是紹興人。沒什麼太大的交集，就是認識而已。」

「嗯，前面幾句還算真心話，這最後一句嘛，你到時候說給你那位女朋友聽去吧。」賈似道有些沒心沒肺地說道。

「不是吧？」阿三哀歎一聲，看著賈似道的眼神，要多幽怨有多幽怨。

而就在賈似道和阿三聊天的這一陣子，主持今晚壽宴的司儀，已經站到了主持台前面，大聲說著客氣話和讚美之詞。接著，是各個行業的代表上臺。

在熱鬧了好一陣子之後，才算進入了今晚壽宴的正題。

司儀正式宣佈道：「現在，在座的各位期待已久的時刻到了，『獻寶』活動正式開始。今天，我看了一下，竟然一共有十七位收藏愛好者參與，順便說一句題外話，這十七位收藏愛好者，可都是清一色的青年俊傑啊。至於為什麼？呵呵，大家自己猜去吧。」

聽著那司儀說得好玩，在座的眾人也都是樂呵呵地一笑，只有坐在楊老爺子身邊的楊思懿微微蹙了一下眉頭。

「下面，就由我依次喊出各位獻寶人的姓名，再由禮儀小姐向該人收取準備好的寶物，然後放在主持臺上，也就是我身前的長桌子上，排成一排，供大家慢慢欣賞。」司儀的話還在繼續著，洪亮並且富有磁性：「第一位參與『獻寶』的收藏愛好者是本地的『天星珠寶』總經理張建生先生，他所獻的珍寶是……」

司儀的聲音拖得有點長。而在這個時候，在場眾人也都是翹首以待。

「怎麼，你就不想知道，這個張建生參與第一場『獻寶』的寶物是什麼？」楊帆環顧了一下周圍眾人的反應之後，連阿三都有些期待地看著司儀走向張建生呢，賈似道卻一個人喝著酒，一點兒都不感興趣的模樣。楊帆不由得很奇怪地問了一句：「你可是也要參加的啊，那可是競爭對手呢。」

「正因為是競爭對手，所以才沒有必要在這個時候看嘛。」賈似道的心態倒是平和得很，「司儀不都說了嘛，一共有十七位收藏愛好者參與，呵呵，要是每說到一位，就都這麼緊張兮兮地想要看個究竟的話，那豈不是要浪費很多精力？」

「說得也是。」楊帆明顯對賈似道的回答有些意外，稍微琢磨了一下，才點了點頭。對他而言，所有參與到「鬥寶」活動中的寶物，其實待會兒都會擺放在主持台這邊，每個人都有機會近距離接觸。無非是早幾分鐘看到和遲幾分鐘看到的區別而已。

而在兩個人說話之時，司儀已經收到了一只小巧的錦盒，不用打開，從外觀的模樣來看，大家就能估計出來，其中所藏的一定是珍貴的珠寶首飾，或者就是小塊玉石。而從錦盒的品質來看，這裏面的東西應該也不會太差吧？

至於揭開這個錦盒的權力，自然是在張建生先生手裏了。不過，那也是需要等到所有參與活動的寶物全部亮相了，都擺放在展示臺上之後。

賈似道對於這樣故弄玄虛的作為，有些不以為然地搖了搖頭。反倒是在座的一些年輕女性，哪怕就是那些中年婦女們，在面對著錦盒或者確切地說是面對著錦盒中可能出現的珠寶時，那份期待明顯要高於在場的男性。

愛美之心人皆有之啊。

「第二位，金鼎財團副總經理齊梁偉先生，他帶來寶物可是非常大、非常重的，哎喲，你們可要小心一點啊。」司儀站在主持臺上，極盡所能地渲染著現場的氣氛，說道：「你們看看，兩位禮儀小姐一起抬著，還感覺到非常吃力，這不，邊上的保安人員也走過去幫忙了。還真是一件大傢伙啊！」

那解說的話，幾乎就要直接說出，在箱子裏裝著的就是一塊毛料了。至於究竟是不是雞血石的，齊梁偉先生想要以此來討好一下楊老爺子，就不是司儀所能夠瞭解的了。

「第三位……」

司儀在主持臺上一個挨一個地念著名字，也一件接一件地介紹參與到「獻寶」活動中的寶物。不過，賈似道也算是看出來了，這些寶物，至少從現在看來，沒有一件能知道裏面具體究竟是什麼玩意兒。不是藏在盒子中，就是放在箱子裏，最不濟，也會用一塊紅布蓋住。

這其中，就有一些易碎品，寶物的主人不放心禮儀小姐接手而親自給擺放到展示臺上。也有一些是成雙成對的，比如五號寶物，不用揭開蓋著的紅布，就能從形態上發現，應該是成對的雕刻擺件，無非是還不能看出具體的材質而已。賈似道甚至能從那稍微顯露出來的形態輪廓，進行豐富的想像，就大致可以判斷出，這是一對鴛鴦呢。還真是非常好的創意啊！

賈似道不由得就看了看楊思懿那邊。對於賈似道和阿三的到來，楊思懿自然是非常確定的。畢竟，是她親手送出來的請柬。不過，賈似道和阿三選擇坐到角落裏，現在整個大廳中可是有著五六十張桌子呢，楊思懿想要從中尋找一個人，也不太容易。

尤其是作為今晚最為顯眼的兩個人之一，楊思懿身邊的應酬，或者是領導，或者是長輩，總會讓她忙於應付吧。

賈似道這會兒看向她的時候，她也正在打量著展示臺上的幾件寶物。臉上的神情時而看似有幾分迷惑，時而展開一絲淡淡的微笑，彷彿她正在猜測著展示臺上的每一件寶物究竟為何物一樣。

忽然，賈似道感到有人輕輕地推了自己一下，抬頭一看，正是楊帆，不由得好奇地問道：「怎麼了？」

「嘿嘿，是不是看人看得都呆了啊？」楊帆顯然是注意到了賈似道剛才的目光所在，這會兒笑意盈盈地說：「我說你是不是就該要上場了？到了這個時候，總可以和我說說，究竟是什麼寶物了吧？」

對於剛才阿三故意搪塞的「瓷器」，楊帆是打心眼裏不太相信的。

「這個……」賈似道正琢磨著可以透露一下呢，瞥了阿三那邊一眼，尤其是阿三邊上的那個包裹。這時，就聽到主席臺上的司儀喊到了自己的名字，正好是在第十三位。如果是迷信一點的人的話，說不定還會感歎一句：真是一個不吉利的數字啊。

一位妙齡的禮儀小姐，大概是事先就從門口的註冊人那邊，得到了這十七位參與「獻寶」的人的位置，這會兒，找到賈似道也不是什麼費力的事情。在主持臺上的司儀剛喊出賈似道的名字之後，就緩步走了過來。

一時間，讓賈似道有些意外的是，楊思懿的目光也從大廳中心的位置，跟隨著禮儀小姐的步子，飄忽著找到了賈似道，眼神中竟然還有幾分錯愕。似乎是她沒有想到賈似道還會參與到「獻寶」活動中去吧？

不過，很快的，楊思懿就明白了賈似道的目的。對於即將合作的兩個商家而言，賈似道這般舉措，在楊思懿的眼中，無疑是在示好，是在向「石之軒」表達自己的誠意。這讓楊思懿的心中，微微有了幾分欣喜的感覺。或者，她就是在心裏覺得，這一次把請柬遞給賈似道沒有白費吧。

只是，在賈似道笑嘻嘻地拿出自己的「寶物」之後，楊思懿的臉上頓時就顯出幾分哭笑不得的表情來。不僅如此，大跌眼鏡的可不止楊思懿一個人，就連和賈似道挨著坐的楊帆，這會兒看向賈似道的眼神也非常怪異。和賈似道較為相熟的阿三，更是微微地張開了嘴巴，暫時忘記了合攏回去。

就在剛才那一瞬間，賈似道匆匆地到了阿三身邊，很隨意地從包裹裏取出他那塊泥硯，沉甸甸的，直接擺在禮儀小姐手裏的托盤中。禮儀小姐甚至有些愣神，差點把手中的盤子給端翻了。

一來，是因為這塊泥硯的確有點沉，事先不注意的話，還真的拿不太穩；二來，那就是在十七件「寶物」中，這是第一件徹徹底底亮相在眾人眼前的寶物，就模樣來說，著實是讓人吃驚不已。

與其說這是一件「寶物」，還不如說賈似道拿出來的泥硯就是尋常人家裏的一塊普普通通的硯臺呢。從表面來看，顏色有點兒焦黃，還略微帶了幾抹灰黑的感覺。而從賈似道拿它出來的過程看，似乎賈似道自己對這塊泥硯也不是很珍惜啊。

因為就在禮儀小姐手端著托盤，微微一個傾斜，就要端持不住的時候，站在禮儀小姐的面前，與禮儀小姐手中的托盤離得最近的賈似道，卻連一個伸手去扶的動作都欠奉。這樣的情景，落在有心人的眼裏，自然就大有深意了。

要說這塊泥硯是價值過百萬的東西，換成是你，你信嗎？

「小賈，你不是開玩笑吧？」就連阿三在這個時候，都有些懷疑起自己的眼睛來，他不禁擦了擦自己的眼睛。說起來，在場眾人對於這塊泥硯最為瞭解的，除了賈似道自己之外，就是阿三了。對於「鬥寶」的規則，阿三也是從楊帆那裏瞭解到的。賈似道能拿出泥硯來，還真的沒有拿錯，總比拿出瓷器要好得多吧？一個玩翡翠原石的人，竟然拿著一個硯臺去參與珠寶玉石類的「鬥寶」，阿三不由得白了賈似道一眼，那神情似乎是在說：好吧，你要是覺得這樣可以讓你更快成名的話，那麼你已經非常成功了。

在中午才無意中收購上來的一塊普普通通的泥硯，也就是兩千多塊錢，賈似道就敢直接擺到了要求最低價值百萬的「鬥寶」活動上來，如果不是真的確定自己能撿漏的話，那就是古玩行的瘋子了。

於是，整個壽宴會場，有那麼一瞬間，幾乎是落針可聞。

不僅是禮儀小姐，包括阿三以及周邊的其他客人，都望著托盤上的泥硯發呆。那赤裸裸的原生態模樣，那略微顯現出幾分笨重的感覺，以及那看上去素雅、卻實在沒有什麼價值可言的醜陋，壓根兒就沒有雕飾，光禿禿的樣子，都給人無窮的震撼。唯一說得上奇異的地方，那就是泥硯上還有長期使用過的痕跡。

「奇怪，真是奇怪啊。」

「不值，完全就不值一百萬嘛。」

諸如此類的話，在一陣靜默之後，開始逐漸響起在整個壽宴大廳裏。楊帆還特意給了賈似道一個「算你狠」的眼神。那嘴角的一絲意味，著實是讓原本還平靜如水的賈似道的心裏，也隱隱泛起了一些波瀾。

莫非，這玩意兒真的是拿錯了？

主席臺上的司儀，看見禮儀小姐端上來這麼一塊醜陋的泥硯之後，也是一副目瞪口呆的模樣，先是望了望站在場中表現得一臉悠然的賈似道，再看了看周邊那些或者好奇，或者不屑的人的目光，心裏掙扎了好一陣子，才有些無奈地開口說道：「好吧，現在第十三件寶物終於擺在我們面前了，儘管沒有一覽它的盧山真面目，但是，我還是相信它能夠給我們一個驚喜的。要不然的話，這次的『鬥寶』大會豈不是少了很多樂趣？」

說到最後，司儀竟然有些樂呵呵地笑了起來，那笑聲，似乎可以感染眾人一樣。賈似道感到，原先還對他的舉動表示出難以理解的眾人，這個時候卻多了幾分期待。

「說不定，這塊泥硯中就能出乎意料地切出一顆極品紅寶石呢？」司儀說道。隨後，他便很快跳過了賈似道的這塊泥硯，轉而開始介紹起下面出場的幾件寶物了。

當主席臺上的十七件寶物全部聚齊的時候，現場的氣氛達到了高潮。

第一號錦盒，在張建生先生親自揭開之後，終於露出了它的真面目，是一塊很白淨的和田白玉，和這一次的「鬥寶」主題珠寶玉石非常契合。此外，這塊白玉的個頭兒雖小，卻也不容小覷。

即便賈似道這會兒還比較從容地坐在自己的位置上，卻也可以透過燈光的照射，感受到和田白玉的那份溫潤以及細膩，再加上雕刻的時候展示出來的精湛雕刻工藝，足以顯現出張建生的底氣了。

要知道，即便按照目前市場上的和田白玉料子的價格，這麼一小塊玩意兒，也值近百萬呢。更何況，有了張建生的介紹，不用賈似道仔細聽，甚至不用太懂行，對於玉石雕刻行中的那些名家的名字，賈似道也完全可以感受得出來，這一定是一件名家之作。

要不然的話，張建生也不會用它來參與「鬥寶」吧？

賈似道還注意到一個細節，那就是張建生打開錦盒的時候，他的目光無意間瞥了楊思懿一眼，那種毫無心機、卻又帶著幾分自信的笑容，著實是讓人看著也生不出什麼惱恨來。

無獨有偶，第二號寶物，也是玉石。

當然，從一開始的時候，包括賈似道在內的人，都完全可以根據它的外形猜測出第二號寶物應該是毛料，或者是雞血石毛料，或者就是軟玉籽料，也有可能是翡翠原石。而掀開上面蓋著的布之後，顯露出來的是一件玉山子，也沒有出乎眾人的意料。

和田山流水的料子，足有二十多公斤重。也難怪先前禮儀小姐在搬運的時候會顯得那麼吃力了。而山流水的料子竟然也有一些沁色，很妙的是，在料子上天然形成了一副很優美的圖案。就好比一棵蒼勁挺拔的松樹，或者是一條幽靜的小徑，穿梭在山林之間，那延年益壽的寓意，尤其讓現場的嘉賓們讚賞不已。

除去這塊料子本身的價值之外，用它來參與「鬥寶」的意義，讓它出現在楊老爺子的壽宴上，也算是最誠摯的祝賀。這件寶物一顯現出它的真面目來，無疑博得了在場不少人的歡心。

賈似道心中也兀自感歎一句，這些年輕俊傑們，還真是煞費苦心了呢。想必在主席臺上的那十七件寶物，沒有一件是馬馬虎虎隨意湊數的作品吧？

想到這裏，賈似道不由得有些好奇地看了看楊思懿的背影，光是從身材上來說，還是一如既往的那麼迷人。而且，對方的容顏，在賈似道的腦海中，也是印象深刻。或者說，當一個人的美麗完全集中到一點的時候，那紅唇的誘惑，早已經超出了唇的本身吧？

「怎麼，是不是感覺到壓力很大啊？」經過了最初的驚訝，這會兒阿三倒是顯得平靜了許多，看著賈似道的神情也沒有了太多好奇，似乎賈似道做出了把泥硯端上臺去的行為，也獲得了阿三的認可一樣：「我琢磨著，你要是從『綠肥紅瘦』中拿一塊極品翡翠飾品出來，還是有很大的機率勝出的。」

那潛在的意思，還是依舊不看好賈似道的那塊泥硯了。

「呵呵，要是你可以在這麼短時間內回去一趟的話，我倒是不介意用翡翠飾品來替下那塊泥硯呢。」賈似道笑著說道。

「有時候，我還真是不明白，你的腦袋裏究竟是怎麼想的。」阿三有些無奈地說，「該不會是我意外地讓你參與『鬥寶』，你故意和我賭氣吧？我琢磨著，也不應該啊。還是說，你真的對這塊泥硯充滿了信心？」

「你說呢？」賈似道反問了一句。

「要是讓我來競拍臺上的東西的話，哪怕就是選擇已經揭曉的前面兩件寶物，也不會選擇你的東西的。」阿三說著，還特意補充了一句：「別說是一百萬了，就是一萬塊，我也是不會出的。」

「這可是你說的哦。」賈似道有些意味深長地說，「到時候，你可千萬別後悔啊。」

「你才後悔呢。」阿三強自辯駁了一句。不過，也許是看到賈似道信心滿滿的架勢，再聯想到賈似道在賭石一行的眼光，以及踏入古玩行之後一路走來的好運氣，這會兒說出來的話，底氣竟然弱了幾分。即便阿三自己，這時恐怕也開始有些懷疑起自己的判斷了吧？

一眨眼的工夫，展示臺上就連續揭曉了四五件「寶物」的真實面目。其中有翡翠雕刻成的白菜，形態上是栩栩如生了，形態大小也和真實的白菜比較接近，不過，賈似道仔細看了看，質地卻是一般而已。要不然，光是憑藉「翡翠白菜」這四個字的名頭，就足以掀起一陣狂熱的追捧吧？

即便如此，這棵翡翠白菜的出現，也引發了現場的一個小高潮。

此外，還有一對清代「八寶壽字」玉如意，根據其主人的介紹，這玩意兒也是大有來頭的，據說還是清恭親王府之物。靈芝頭淺雕祥雲繞壽，曲柄上的寶罐、金魚、蓮花、法螺、寶傘、蝙蝠等吉祥如意的形態，也是樣樣俱全。唯一讓人感到有點可惜的就是，這對玉如意顯得稍微有些小了，明顯就是用來擺設觀賞的，好在是成雙成對的，倒是有著不錯的寓意和收藏價值。至於究竟是不是恭親王用過的，那可就兩說了。

而除去軟玉類的東西，像現代仿清乾隆年間的玉碗啊、玉如意之類的，或者以翡翠為原料的雕刻飾品之外，也還有瑪瑙的雕刻假山擺件以及綠松石雕刻的花瓶等。幾乎是玉石珠寶所有類別的極品，都在這裏出現了。

特別是參加「鬥寶」的十號作品，是一件精緻完美的「彌勒送寶」翡翠雕件，其有二十多釐米高，寬度也有十五釐米，特別是厚度竟然達到了七八釐米。這讓它一出場，就博得了不少人的叫好聲。

而且，翡翠的料子屬於極品冰種陽綠，如果賈似道不是翡翠一行的翹楚，自己手中有著太多極品料子的話，想必對於這麼一件在市面上已屬稀罕的佳品雕刻擺件，也會欣然神往吧？

在剛一揭開遮蓋著的紅布時，那種綠色的盈盈動人，竟然在一瞬間裏，給人一種想要展翅飛翔的感覺，足可見這件作品的陽綠色是如何純粹了。

而賈似道這樣的行內人，所看到的東西卻要更深一些。在翡翠作品的雕工上，這件東西也是製作得非常到位的。雕刻師傅對於這塊料子的瞭解，無疑是非常深入的，所用的雕刻方式也是因勢而為，把一個身披袈裟、頭頂寶袋、手托元寶、身掛寶葫蘆的胖彌勒形象塑造得維妙維肖。

特別是其中的細節上，像袈裟、布袋、元寶、葫蘆等物件上的細線條營造出來的彌勒寶相，更是展現了雕刻師傅的功力。不要說是一百萬的起拍價格了，在賈似道看來，這樣一件寓義著「獻財送寶」的彌勒佛的價格，至少也應該上到八九百萬，乃至於超過千萬的價值了。相比起用冰種陽綠中最好的料子雕刻出來的戒面或者手鐲，這樣的一款擺件也是絲毫不遜色的。

難怪有懂行的年輕人，在見到這件擺件的時候，就有些情不自禁地喊出了「千萬」的價格呢。

待到展示臺上的東西一件件被揭開了真面目，快到第十三件寶物的時候，賈似道也做好了上臺的準備。畢竟，任何一件寶物的揭示，都是由寶物的主人來完成的。哪怕就是賈似道的泥硯再怎麼不起眼，也應該由賈似道站出來解釋幾句吧？

要不然，光是讓別人這麼來看的話，還真看不出這麼一塊泥硯，是不是真的就值一百萬呢。不過，賈似道這邊做好了上臺的準備了，臺上的司儀卻似乎格外照顧賈似道一樣，竟然在猶疑地看了看這第十三件寶物，也就是賈似道的泥硯之後，忽然問道：「大家想不想知道這件東西，為什麼會被放到這個地方來啊？」

「想——」台下還真的有人回答，不由得惹來了一陣輕笑聲。

「呵呵，你想……」司儀頓了一下，「我也不告訴你。至少，暫時不會告訴你。下面，有請第十四號寶物的主人……」

說著，那位司儀還對賈似道就座的方向眨了眨眼，看到那明顯是揶揄賈似道的舉動，大夥兒自然笑了起來。而賈似道也再一次成為壽宴的焦點，反倒是那位剛剛上臺的第十四號寶物的主人，這會兒倒是沒有什麼人去特別關注了。

「看來，我現在上臺還真不是時候啊。」輕輕的一句話，就把眾人的注意力給重新吸引到了展示臺上。隨後，第十四號寶物的主人才揭開了它的神秘面紗，是一塊雞血石中的「大紅袍」，如此迎合楊老爺子的喜好，又是出現在楊老爺子的壽宴上，自然是為他加分不少，席間響起了一陣熱烈的掌聲。

賈似道看著，不由得苦笑不已。

賈似道原本打算這會兒就上臺的舉動，落在楊帆、阿三的眼裏，倒是多了幾分玩味的感覺。阿三還說了一句：「嘿嘿，小賈啊，我看你還沒有上臺的時候，竟然就已經吸引了所有人的注意了。估計，過了今晚，你都有可能成為珠寶玉石行業的明星了呢。不過，那位司儀竟然準備讓你的十三號寶物來壓軸，明顯是非常看好你的東西啊。你可不要讓我們失望哦！」

果真如阿三所言，司儀接下來的舉動，似乎就是在證明阿三的預見性一樣，連續邀請了後面幾件寶物的主人上臺去揭開寶物。賈似道也注意到，越是到了後面，參加「鬥寶」的東西就越是往楊老爺子的喜好上靠近。不是昌化雞血石，就是四大名石中的青天石。

楊老爺子的臉上，自然也是笑容不斷了。

待到第十七件寶物露出了它的真面目之後，在場所有人都情不自禁地把目光看向賈似道，即便楊老爺子、楊思懿也不例外。阿三拍了賈似道一下，露出一個鼓勵的眼神，而楊帆則看著賈似道，眼神中充滿了期待。至於其他人，稀稀落落的掌聲中，夾雜著幾聲陰陽怪氣喝倒彩的聲音。

如果說在第一次站起身來走向展示台的時候，賈似道的心情還有幾分緊張的話，那麼，在經過司儀打斷之後，又經過後面幾位參加「鬥寶」的人相繼上臺之後，賈似道的心情卻逐漸平復了下來。

到了這會兒，賈似道走向主席臺的時候，臉上帶著淡淡的微笑，彷彿是走上前去給楊老爺子祝壽一樣。那份從容與淡定，在一些年輕男子的眼中，自然是賈似道的故作鎮定了，但是，落在那些年紀稍大的商人們眼中，卻看出了一份隱隱的沉著來，這可是和賈似道的年紀有些不相符啊。

就連楊老爺子，也轉頭看了看自己的女兒。

隨後楊思懿對楊老爺子小聲解釋了一句什麼，楊老爺子再看向賈似道的目光，彷彿在一瞬間就改變了不少。不過，在轉而看向展示臺上的那件泥硯時，神情卻又變了變，到了最後，楊老爺子倒是像有些玩鬧的童心一般，開始關注起賈似道的舉動來。

楊老爺子似乎是對賈似道這個人產生了興趣，或者就是對賈似道參與「鬥寶」的東西產生了興趣。

賈似道先是走到展示台的邊上，挨個兒巡視了一遍桌子上的其餘十六件寶物，最後才走到自己的泥硯旁邊，伸手拿了起來，掂了掂，感覺還是有點兒沉，大有一個不小心，手頭的東西就會因為重量而直接掉落到桌子上的架勢。

說起來，賈似道還真的有想要直接砸向桌子的衝動呢，不過，打量了一眼這會兒諸多注意自己的目光，心裏一歎，感到這種舉動還是有些不太合適，手頭的動作不由得就有些遲疑起來。

「怎麼了？怎麼一句話也不解釋呢？」

「該不是沒什麼好解釋的吧？就光是這麼一塊硯臺，可不值百萬啊。」

「我猜他就是故意來找碴的。」

一時間，在場眾人中什麼樣的猜測都有，賈似道即便站在展示臺上，比較靠近楊老爺子等人就座的桌子，也能聽到一些針對他的話。看起來，在場的大多數人都不看好賈似道。

「能給我找個硬點的東西，用來砸東西嗎？」賈似道輕輕地歎了口氣，轉而對司儀問道。邊上的司儀聞言就是一愣，也許是他想到了賈似道上來之後，許多種可能的舉動，卻唯獨沒有想到這一點吧？

好在人家怎麼說也是一位司儀，能成為楊老爺子壽宴上的司儀，至少都會有點臨場的應變能力吧？要知道，人家可是在先前的時候，還特意臨時跳過賈似道的第十三號寶物，直接先揭曉第十四號寶物的呢。

恢復了神情，司儀輕輕咳嗽一下，掩飾了一下自己剛才的發愣，轉身吩咐禮儀小姐去找一把小鐵錘過來。

而對於賈似道的反應，尤其是賈似道的話，稍微靠近展示台這邊的幾桌人，可都是聽得清清楚楚的。這會兒，眼神中自然是泛起更多的好奇了。

不一會兒，小鐵錘拿了過來，禮儀小姐越過主持的司儀，直接就送到賈似道的面前。賈似道微微一笑，發現似乎眼前這位禮儀小姐，就是原先端著泥硯上臺的小姐，對著她打量了一下，彷彿是在琢磨著什麼。

直到眼前的禮儀小姐被賈似道看得有些心裏發慌的時候，賈似道才說道：「我就不在這邊獻醜了，不如，就由這位小姐，請你來給大家揭開這塊泥硯的謎團如何？」

「我？」禮儀小姐本來就有點緊張，被賈似道這麼一說，似乎顯得更加手足無措了。

「沒錯，就是你。」賈似道說，「直接用小錘子砸開它就可以了。」說著，賈似道指了一下泥硯：「記得最好對準中間的位置，力氣要用得大一點。」一邊說，賈似道還一邊比劃著手勢。

而站在邊上的司儀，通過賈似道的解說，立即就意識到，剛才自己隨便調侃的事，真的有可能發生了，這塊泥硯中還真的是別有洞天，不由得當即激動起來，大聲說道：「賈先生讓你砸，你就砸吧。」

「是啊，趕緊砸吧。」可不光是司儀琢磨出了這塊泥硯中可能別有洞天，就是展示台邊上的一些人，在聽到賈似道剛才的話之後，心中也對這塊泥硯多了很多期待。

隨後，禮儀小姐有點兒顫抖地舉起了手中的小鐵錘，全場的人幾乎都憋住了呼吸，眼瞅著禮儀小姐的小鐵錘高高揚起，又快速落下，在那一瞬間，似乎人們的心也隨著禮儀小姐手頭的小鐵錘一上一下的。

只聽「呯」的一聲脆響，泥硯一下子就碎裂成了好幾塊。眾人的眼睛一下子睜得大大的，最為緊張的就要數禮儀小姐自己了，到了這個時候，她自然也明白，這塊泥硯中肯定是有著不尋常的東西的。不過，雖然東西是她砸出來的，她自己卻閉上了眼睛，幾乎不敢去看現在桌子上出現的是什麼寶物了。

而主持的司儀，倒是趕緊湊到了桌子邊上，仔細尋找起來。說起來，在剛才，因為怕禮儀小姐一錘子下去，碎裂出來的泥硯小塊蹦到自己身上，大家都有些下意識地遠離了桌子呢，司儀自然也不例外。不過，這會兒，在錘子落下之後，司儀的急切心情倒是表現得頗為迫切。

乃至於距離稍微遠一點的人，都直接喊了出來：「前面的人說一聲，究竟有沒有砸出什麼寶貝來啊？」

主持的司儀，怎麼說也算得上是半個內行人了，不然的話，恐怕也不會由他來主持這一次的「鬥寶」活動了，而且，展示臺上原本靠近第十三號泥硯的地方，已經被賈似道給事先清理出了一點地方。要不然，自己的東西砸壞了倒是沒有什麼，要是碰壞了其他參與「鬥寶」的東西的話，那罪過可就大了。到時候，即便賈似道有理也說不清了。

主持的司儀一眼望去，只見在桌面上的泥硯碎片中，竟有著一團黃澄澄、金閃閃的東西。

這位司儀的第一個感覺，就是從泥硯中真的砸出寶貝來了。於是，他先通過話筒喊了一句：「砸出寶貝來了！」

第九章

印石皇帝

光是從外表看來，其珍貴之處就足以讓人心動了。
這枚大印的用料，竟然是四大名石中的田黃石。
要是這玩意兒出現在翡翠飾品的展示會上，
或許很多翡翠收藏愛好者對於田黃石並不是很熟悉。
但是，這東西出現在臨安這個雞血石的產地，
卻足以叫人瘋狂。

至於究竟是什麼寶貝，他感覺自然是首飾了，或者乾脆就是整塊黃金，不然的話，那種黃澄澄的顏色，是做不來假的，尤其這玩意兒還是在一塊泥硯的內部呢。不過，很快的，他的想法就改變了。

當他看到第二眼的時候，就發現砸出來的東西方方正正的，雖然跟一塊黃金有點類似，但是在這塊方方正正的東西上面，卻有著一隻獸鈕，如此模樣，看著像是一枚大印。

這裏是什麼地方？這裏可是昌化雞血石的產地，只要有點古玩知識的人，恐怕都會對印章印象深刻吧？由此可知，從泥硯中砸出來的東西，突然出現一隻獸鈕，對於司儀的衝擊力有多麼大了。

而隨著司儀靠近到桌子邊上，伸手撣去了一些泥硯的碎末之後，所出現的物件的具體形態，也就清晰地進入他的視線之中。

這是一枚足足有四釐米高、六七釐米長、六七釐米寬，方扁形的龍鈕大印。光是從外表看來，其珍貴之處就足以讓人心動了。畢竟這枚大印的用料，竟然是四大名石中的田黃石。要是這玩意兒出現在翡翠飾品的展示會上，或許很多翡翠收藏愛好者對於田黃石並不是很熟悉。但是，這東西出現在臨安這個雞血石的產地，卻足以叫人瘋狂。

昌化雞血石的確是製作成印章的最佳材料之一，被稱為「印石皇后」，但是，田黃石卻有著「印石皇帝」之稱。光是從稱呼上來看，其中的區別就值得大夥兒回味了。

而且，從泥硯中砸出來的田黃石印章，只要是明眼人，就能看得出來，其即便是在田黃石中，也是屬於極品料子的。田黃石，無根無璞，多為卵型，料子一般不會很大的，所以，一般的印章都是天然成形，也就是田黃石挖出來的時候是什麼形狀，大多數在雕刻之後，也還會是什麼形狀。

但是桌子上的這一枚印章，卻呈現方扁形，邊角極為工整，完全可以想像出，當初在沒有雕刻成型的時候，這塊田黃石料子是多麼大了。

光是看上一眼，主持人司儀就約莫能估算出，這麼一塊田黃石印章，大致有三四百克重呢。而在古代，就有「一兩田黃一兩金」的說法，乃至於是「一兩田黃數兩金」，到了現在，上百克的田黃石很少能見到了，市面上哪怕就是隨便交易一百克的田黃石，都能直接售出一百萬以上的價格。

由此可知，眼前這麼一枚三四百克的田黃石大印，光是材料就能值多少錢了。司儀不由得當場就倒吸了一口涼氣，他看了看賈似道，在確定了賈似道允許之後，他才伸手把這塊田黃石印章給拿到手上，仔細地欣賞起來。

不過，主持人司儀倒是過足了手癮，其他人卻有些不樂意了。

當即，賈似道就建議，讓這會兒竟然還在微閉著眼睛，不敢看向桌子一眼的那位禮儀小姐，把這塊田黃石印章給放到托盤上，送到邊上幾張桌子上去，給他們每個人都過過眼癮呢。

至少，能砸出田黃石印章來，賈似道也是感到非常滿意的。

在此之前，賈似道用特殊感知能力雖然可以知道，在泥硯裏面有著一塊印章，其材料質地也是和雞血石類似的，所以，他猜測，大概可以砸出一塊雞血石印章來。畢竟，賈似道可沒有怎麼感受過田黃石的質地。而這塊泥硯又是在臨安收上來的，能夠想到是雞血石印章，也是在情理之中的事情。

尤為難得的是，即便是雞血石印章，如此大塊，也算得上是極品了。而賈似道的信心，還不光是建立在印章的大小上，只要隨便想一想，一塊雞血石印章，能給包裹在一方毫不起眼的尋常泥硯中，要說這裏面的印章是一塊普通印章，誰信？

這不，就在賈似道自己都有些不太清楚，這麼一塊田黃石印章，究竟有著何種神奇之處的時候，當即就有懂行的人開始拿起禮儀小姐托盤上的印章察看了起來。從眾人看向這位老者的目光，顯然，他應該是一位田黃石鑒定方面的行家。

賈似道琢磨著，既然有人來免費鑒定，對他而言也是一件好事呢。

至少，賈似道不用擔心，在這位老者說出一些結論之後，還有人會針對這塊田黃石印章說三道四的吧？

在臨安的這一場楊老爺子的壽宴上，先前的十六件「鬥寶」作品，就有極品雞血石出現，但是，卻沒有田黃石出現。這對於諸如楊老爺子這樣的老人家而言，心中難免是會有些失望的。

就好比是一場比拚的宴會，出現了皇后，卻沒有出現國王一樣，總給人感覺似乎缺少了一點什麼一樣。

但是，賈似道從泥硯中砸出來的田黃石印章，無疑很好地彌補了這一個遺憾。光是從楊老爺子現在臉上的笑容來看，賈似道就能清晰地感受到，這些珠寶玉石一行的老人們，到了這個時候，是真的開心了。

「這是一枚田黃用印。」那位鑒定的老者首先肯定了這塊印章的料子確實是田黃石的，如此一來，席間隱隱就傳來了幾聲低微的輕呼聲，似乎是對於賈似道能從一塊泥硯中砸出田黃石來嘖嘖稱奇。

當然，在場的人當中，最為高興的，可不是賈似道自己，而是阿三。

這會兒，他正在和楊帆說著，賈似道如何發現這塊泥硯的過程呢。儘管這件東西是今天上午才收上手的，收購的時候也沒有什麼神奇之處，但是，從阿三的嘴裏說出來之後，卻很有一番眉飛色舞的感覺。而楊帆在聽著的時候，也跟著阿三的語氣一驚一乍的，彷彿阿三所說的過程，是那麼驚心動魄。

賈似道瞥了一眼阿三的位置，嘴角不由得就掛上了一絲微笑。

隨後，那位鑒定的老者，繼續說道：「另外，這還是一枚非常難得的印章。我仔細看了看，在印章上端的這枚獸鈕，竟然是一條穿雲的五爪金龍，光是從雕工上來判斷，很像是乾隆年間『遊絲宗』的刀法，異常細膩，幾乎細膩到每一片龍鱗、每一縷祥雲都雕刻得活靈活現。」

「劉老，那麼這枚印章，是不是可以斷定為清代的東西呢？」邊上有個稍微年輕幾歲的中年男子，顯然對於田黃石雕刻並不是很懂行。不過，看他是坐在壽宴中心的位置上，想來身分也不會太過簡單。

「呵呵，屬於清代的東西，那是肯定的。」劉老笑著說，「不過，在具體的時間上，可能還是有點疑問。你們可以再仔細看看，這條五爪金龍幾乎佔據了整枚大印的一小半，所顯現出來的威嚴、高貴和兇猛的感覺，讓人看著很賞心悅目。而底下的印文，則是四個古篆『福壽田印』，是陰刻的，刀法非常老到，所以我認為，雕刻印文的人和雕刻龍鈕的人，應該不是同一個。」

如此一來，倒也算是解釋了，劉老認為這件東西還不太確定年代的原因。畢竟，按照劉老的判斷來說，這件印章明顯是在印材的雕刻完成之後，再由另外一個人刻了底下的印文。在年代上，即便根據印材上面的五爪金龍的雕刻風格，可以判斷出是清乾隆年間的，卻也無法準確斷定出底下的印文屬於哪個年代。可能是清乾隆年間的，也可能是後人加上去的。

「那劉老的意思是說，這件東西沒辦法斷定年代嘍？」剛才的那個中年男子繼續詢問著。

要是一件東西，尤其是印章，材料的昂貴固然是一種價值，但要是能找出這件作品背後的故事，乃至於雕刻大師的名頭的話，豈不是更加具有價值？

這個時候，倒是很少有人會想到，這件東西其實和他們並沒有多大的關係，不管是價值連城還是一文不值，都是賈似道的事情。不過，因為有了前面泥硯的鋪墊，突然間從泥硯中砸出來的一枚印章，又是田黃石的材質，這本身就是一個傳奇。

賈似道忽然發現，在中年男子詢問完之後，現場竟然是一片寂靜，似乎所有人都在緊張地等待著劉老的答覆。賈似道當即就略微停頓了一下身形。說起來，對於田黃石的瞭解，賈似道雖然也懂得一點門道，但是，和劉老這樣的大行家比起來，卻是大大不如的。

一時間，就連賈似道也是頗有些好奇和期待地看向劉老。

也許是注意到了眾人的目光，劉老考慮了一下，似乎他並不想這麼快就揭曉答案，或者僅僅是為了增加他解說的說服力，有些顧左右而言他地說道：「田黃素有石帝之稱，而現在我手上這塊田黃，從表現來看，是田黃中的極品。大家請看，它的皮色是黃金的顏色，在燈光照射下，閃耀著金燦燦的光輝，顯現得無比的高貴和雍容。」

說著，劉老還特意把自己手頭拿著的印章給略微抬高了幾分。

而壽宴的燈光師，這會兒更是非常配合地把一束光線給單獨打到了田黃石印章上。從賈似道現在所站的地方看過去，一邊聽著劉老的訴說，一邊欣賞著田黃石的顏色，實在是一件夢幻般的事情。

賈似道都忍不住生出劉老所說的話簡直就是真理的感觸來。

「再看這塊田黃石上的蘿蔔紋，也是細膩之極。」劉老繼續說道，「另外，整塊石料的質地，也溫潤得像嬰兒的肌膚一樣，吹彈可破。整體的形態，瑩潤如油脂結晶，只要稍稍一轉動，就能現出寶光四溢的感覺來。這完全就是集凝、潔、純、細、膩於一身嘛！」

說到這裏，劉老兀自笑了起來。

似乎只要是懂田黃石的人，在劉老這麼一番解說之下，都會被這塊田黃石的表現所震驚。至於在場不少不怎麼玩田黃石的人，在聽了劉老的一番解說之後，也會懵懵然地就對田黃石提起了幾分興致。

「看上去，似乎讓這個劉老多說幾句，所營造出來的效果，還真的是很讓人意外啊。」賈似道暗自嘀咕了一句。要不是賈似道心裏很清楚，事先他壓根兒就不認識劉老的話，說不定，就連賈似道自己都會開始懷疑，劉老是不是他故意安排的一個「托」了。

好在，劉老似乎在臨安的古玩一行，尤其是珠寶玉石一行，很有地位。

在他說話的時候，即便楊老爺子也沒有站出來打斷，就更不要說其他一些行內人了，而且，從劉老爺子嘴裏說出來的話，也讓其餘一些行內人頗為信服。這種神情上的變化，賈似道可是看得非常仔細。

「以上，就是我對這件龍鈕田黃石大印的淺見了。」劉老頓了一頓，總結一般地說道：「至於這枚印章究竟是什麼年代的，我也不太好說。不過，我倒是可以提醒一句，在香港的蘇富比拍賣會上，曾經就有以八百三十八萬港幣成交的田黃石龍鈕乾隆御璽，那件印章可是才兩百克左右啊，上面印文的五個字『槧理在寸心』的每一個筆劃，我都認真仔細研究過許久。在我看來，我手上的這件印章底部的四個印文，和那件拍賣出去的龍鈕乾隆御璽很相像。」

「啊——」不知道是不是劉老所說的內容太過讓人驚訝了，人群中竟然有人在這個時候長聲驚呼起來，顯得分外突兀。

不過，這個時候，卻沒有人會在意那個人的失態了。當即，剛才那位詢問過劉老的中年男子，趕緊繼續詢問道：「劉老，照您所說，這枚東西就是乾隆閒章了？」

邊上的幾位男子也是微微頷首，似乎他們的想法，也和出聲詢問的中年男子一樣。不光如此，其他桌子上的人也好奇地看向劉老。

「這個可不好說。」劉老卻很平淡地說了一句，「我只是感覺到，兩者的印文有些相似而已。所以，你的問題，還僅僅只是一個可能性，卻不能現在就確定下來的。」

說起來，劉老對於鑒定的態度，還是比較慎重的。不過，在賈似道看來，即便如此，也已經足夠了。這樣的結果，已經完全超乎了賈似道的想像，在剛一聞言之後，賈似道都恨不得直接衝上去抱著劉老，狠狠地親上幾下呢。不管這件東西是不是清乾隆用印，只要有了這麼一個噱頭，對這件印章本身就是一種增值。

沒看到在劉老的話說過之後，連楊老爺子看向印章的眼神都變了嗎？

賈似道還注意到，阿三這會兒竟然也看向自己，那眼神中的意思，有些不知道說什麼好了。而楊帆的神情，更是隱隱有了幾分激動的情緒。連帶著，就是坐在楊老爺子身邊的楊思懿，看著賈似道的眼神也是頗多怪異，似乎是在惱恨賈似道怎麼就弄出了這麼一件東西來呢？

賈似道只能微笑著面對了。反正，從楊思懿的表情來看，並不是真的著惱，更多的還是欣喜的神色。

「劉老，你倒是說一句，這到底是不是啊？」有人耐不住心頭的疑問，大聲地問了出來。也是，這「是」與「不是」之間，價格出入也太大了。有時候，一個人的想法也能很好地代表了大眾的想法。

劉老卻不買賬，直接說了一句：「難道這個東西，我說是就是了嗎？在座的田黃石方面的行家比比皆是，還是讓大家自己看著東西，自己判斷吧。」

頓時，原先還有些興致勃勃，想要從劉老的嘴裏得知一些消息的年輕人，就像蔫了似的，也沒有人敢在這個時候繼續叫囂了。賈似道摸了摸鼻子，忽然臉上淡淡一笑，看著劉老的眼神有些好奇。這劉老，究竟是個什麼樣的人呢？

說他狡猾吧，卻在先前的時候，故意提出了「乾隆閒章」這麼一個噱頭，要不是這樣的話，不要說是其他年輕人了，就連賈似道自己，也不會把砸出來的田黃印章往這個方面去想的。

正琢磨著，賈似道忽然就聽到有人問了一句：「如果真的是乾隆閒章的話，那麼這枚印章價值多少錢啊？」

這樣的問話，頓時就惹來眾人的一陣輕笑聲。詢問的人看上去年紀並不大，賈似道猜測著，很有可能還是那些參與「鬥寶」活動的競爭對手特意示意他來詢問的。畢竟，不管賈似道的這枚印章究竟是不是真的，對於那些參與這個活動的青年俊傑而言，現在最為重要的，還是要看這玩意兒的價值，這可是關乎這些青年俊傑面子的事情。

「呵呵。」劉老很明顯的也想到了這方面的理由，不由得善意地笑了笑，說道：「一看就知道，這位小友對於收藏還是比較生疏的。」不說別的，一件古玩，有了歷史故事，和沒有歷史傳承的相比，那價值的出入是非常大的。而且，從一塊泥硯中砸出來的寶物，在收藏的心態上，就有著一種心理上的優勢吧？

「這麼跟你說吧。」劉老大有好好解說一下的架勢，想說明收藏中關係到價值的諸多因素，不過，想了想，劉老感到自己不好在楊老爺子的壽宴上侃侃而談地去教育一位年輕收藏愛好者，所以只是簡單地解釋了一句：「我只能告訴你，僅僅以這枚龍鈕田黃大印，重達三四百克如此罕見的大料來看，其價格要是少於千萬，就算是撿到漏了。」

「是啊，是啊。」楊老爺子這會兒也是頗為認同地點了點頭，附和著說：

「這可還不算這枚大印的歷史價值呢。」

一言既出，又惹來現場一陣輕笑聲。

到了這會兒，賈似道的這枚田黃石大印給眾人所帶來的震撼，算是有了一個緩衝。不管是心中還存在著希冀的，或者是豔羨的，大家都把注意力重新集中到了今晚的目的上：楊老爺子的壽宴。

而主席臺這邊的司儀，也很適宜地接過了話：「好，各位年輕俊傑的『獻寶』環節，到此就算是告一段落了。賈先生，您請回到座位上吧。」說著，司儀還對賈似道做了一個請的動作。

賈似道點了點頭，回到了原先的位置，期間，他看到禮儀小姐從劉老的手中重新把田黃石大印給端回到了展示臺上。

「大家請看，十七件寶物，已經全部擺在展示臺上了。」主持司儀大聲說道，「其中每一件，都算得上是難得一見的珍品。不過，這可不是我們最終要達到的目的，下面，精彩的『鬥寶』環節馬上就要開始了。現在禮儀小姐會發下題板，有興趣的人可以寫上自己喜歡的一至十七號寶物中的一件或者多件。只要你喜歡，哪怕就是全部寫上也行啊。」

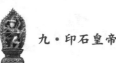

說到這裏，主持司儀竟然還調侃了一下，讓現場的氣氛活躍了很多。

「當然了，在寫上號碼的同時，別忘了附上你願意出的價格。」司儀接著有些鄭重地說，「請注意，價格是以一百萬為基礎的，以一萬元的整數遞進，也就是每次的漲幅都是以萬為單位，最終價高者得寶。拍出的所有寶物裏，最高價格的寶物的主人，也就是本次『鬥寶』環節的勝利者了，金獎得主，將獲得本次『鬥寶』活動的大獎。大家聽明白了沒有？都明白了，好，『鬥寶』環節正式開始，大家請舉牌。」

能前來參加楊老爺子壽宴的人，幾乎都是說得出名頭的。不是珠寶玉石行業的名人，就是家纏萬貫的主兒，或者就是一些即便沒有多少錢，手中也有著不小權力的人，再加上諸人既然能前來參加楊老爺子的壽宴，多少也算是給楊老爺子面子了。

如此一來，不管自己本身是不是行業內的人，對珠寶玉石看不看得明白，也都知道，展示臺上的十幾件寶物，其價值想要達到百萬，還是比較容易的。

所以，主持司儀的話音剛落，當即就有幾十塊牌子齊刷刷地舉了起來，場面十分熱鬧。主持司儀也眉開眼笑地一塊一塊地報著金額。剛一報完，隨即就聽見別人出價高過自己的，則立即擦掉重報。如此反覆競價，反覆舉牌，一時間，主持司儀都感到有點兒應接不暇了，大有虎爭龍鬥的架勢。

與此同時，賈似道也注意到，在不少人的報牌中，也是有著許多玄機的。

「小賈，看到沒？」阿三指了指隔壁桌子上的幾個人，看他們的模樣，似乎並不是很看好展示臺上的東西，而且，在先前「獻寶」的環節中，也沒有寶物的主人是出自他們那一桌的。不過，到了這會兒「鬥寶」的時候，這一桌的氣氛倒是熱鬧了不少。

「挺熱鬧的，是不是？」賈似道笑著說了一句。

「那是。」阿三也點了點頭，隨後，輕輕地嘀咕了一句：「可惜的是，熱鬧是熱鬧了，就是沒怎麼最終競爭下哪件寶物啊。」

那言外之意就是，參與競爭的人很多，卻沒有誰出很高的價格。

如此一來，主持司儀那邊倒是注意到了這邊熱鬧的動靜，緊接著就報了許多次這邊桌子上不少人所出示的金額，自然吸引了現場不少人的目光注意了。但是，達到這個引人注目而真正「出血」的機會，卻並不是很多。

這讓阿三和賈似道看著，總感覺這一桌上的人，是不是就是為了出名來的呢？

不過，事不關己，高高掛起，賈似道和阿三也不會過多地去在意別人的所作所為。畢竟，除去這些湊熱鬧的想要讓別人注意一下自己的人之外，還有很多珠寶玉石行業的行家，正在參與「鬥寶」的環節。

「我說小賈，你真的準備出售你那件寶貝？」在田黃石印章出現之後，楊帆對於賈似道的態度的改變，可以說是非常明顯的。而趁著大家都在舉牌的機會，楊帆小聲地詢問了一句：「這樣的東西，可是非常難得的啊。」

那話語中潛在的意思就是，賈似道應該把田黃石大印自己收藏起來。

「東西雖然比較難得，但是你不覺得跟一千多萬現金比起來，就有些遜色了嗎？」賈似道有些笑意盈盈地說道。不過，眼角的那一絲玩味，卻被楊帆很快地捕捉了，當即，對方就笑了起來，並且還很有深意地看了賈似道一眼。

「本來，我還準備提醒你一下的呢。不過，現在看來，已經沒有必要了。」楊帆搓了一下手，轉而在餐桌上尋找起食物來：「就像這一次到這邊來給老爺子祝壽，人來了就夠了，可沒有必要為了祝壽，而讓自己餓肚子吧？」

「喂，我說你們兩個打什麼啞謎啊？」邊上的阿三剛才似乎是有點兒走神，看著眾人都在參與「鬥寶」，他的興致也還是比較高的。在此之前，阿三雖然明白了「鬥寶」的含義、規則，但要說到親自參與，並且價值都是百萬以上的東西，卻還是生平頭一遭。這對於興趣愛好廣泛，並且是比較好動的阿三來說，無疑有著很大的吸引力。所以，對於賈似道和楊帆之間的對話，阿三倒是沒有怎麼在意，自然也就感覺不到其中有深意。

「也沒什麼啊。」楊帆攤了攤手。

「你看著我做什麼？」賈似道也笑著說，「剛才楊兄只是建議，我可以把這枚田黃石印章自己收藏起來而已。」

「難道『鬥寶』的東西，還能自己收回來嗎？」阿三好奇道。

「這個就很難說了。」楊帆解釋了一句，「如果你的東西並沒有人出價的話，自然是只能你自己收回去了。主辦方可不會出一百萬底線的價格，把沒有拍出去的東西都給收下來的。」

「要是有人看中了，並且出價了呢？」賈似道問道。

「那就沒辦法了。」楊帆說道，「只能出售。」

「可不可以，在別人看中之前，就把自己的東西給撤下來？」賈似道繼續詢問道。對於「鬥寶」的規矩，他還真的不是很懂。

「既然你不想自己的東西被拍出去，為什麼還要參與『鬥寶』呢？」楊帆很好奇地反問了賈似道一句。

「那個……」賈似道訕訕一笑，說不出話來了。

「是不是在事先，你自己也不知道泥硯裏的東西可能會是清乾隆御用印章啊？」楊帆嘴角含笑，有些玩味地看著賈似道。要知道，即便是田黃石的印章，雖然賈似道這一枚塊頭兒上的確是很大了，在市面上也非常罕見。但是，卻也不是所有喜歡珠寶玉石的人，就一定會喜歡的。這件東西最大的賣點，還是從泥硯中砸出來的吧？

「事先，我還真不知道會是田黃石印章。」賈似道也樂得承認，「更不要說這玩意兒還是和乾隆用印有關係了。」

「我看吶，你也不用太過著急。」楊帆考慮了一下，「在場的人，都不是沒有見識的人，『帝印』的噱頭雖然很吸引人，但是，那也需要上千萬的價格不是？我琢磨著，能立即就出手上千萬的人，在這個壽宴上，應該也不會是很多吧？」

「那是自然的。」賈似道很肯定地點了點頭。

如果賈似道的「綠肥紅瘦」不是屬於他個人的資產，而是屬於家族或者集團的話，賈似道想要很輕鬆地從「綠肥紅瘦」中取出上千萬來，的確不太容易。

如果想要急用的話，也只能從自己的存款裏去取了。但是，賈似道的現金足夠，那是因為賈似道是從賭石上贏回來的，而且也沒有做好下一步的規劃。而其他一些富商，即便是王彪這樣的翡翠商人，在去往廣東賭石的時候，也會出現手頭資金不足的情況。幾乎可以肯定地說，要不是那些真正的收藏愛好者，或者是暴發戶，想要在壽宴上顯擺，光以商人而言，手頭的資金大多數都是會被原先的計畫給佔用掉的。

如此一來，賈似道這枚田黃石大印，想要在壽宴上直接拍出去，也算是比較困難了。

雖然現場有不少人都在踴躍地報牌，想要收到一兩件展示臺上的東西，不說能不能討得楊老爺子的歡心吧，就光是為了展示臺上的寶物的真實價值，他們也是有點兒趨之若鶩的。

即便不是每個人都為了最好的幾件東西去的，就如同第一號寶物的那件和田白玉雕刻，一百萬的底價很快就被哄抬到了一百五十萬的價格。當然，因為這件白玉雕刻作品在市場上的實際價格也就是這樣了，到了一百五十萬這個坎之後，競相爭奪的熱鬧勁兒也就淡了不少。

大夥兒一起哄搶的目的，無非就是這麼一件東西，算得上是展示臺上的十七件寶物中價格比較低的。如果能趁機收到手的話，也不算白來了一趟。可以想見，楊老爺子是會對於那些搶拍下寶物的人有印象呢，還是對於那些前來走一趟，什麼也沒有買下的人有印象呢？

阿三就告訴過賈似道：「我琢磨著，要是我和楊老爺子是好友，都來到他的壽宴了，又出現了十七件寶物，要是一件都不拍下來的話，也實在是有點兒說不過去啊。」

也難怪，展示臺上任何一件寶物，都有人報牌了呢。

不過，這也是因為第一件和田白玉雕刻的小巧，很討人喜歡。再說緊挨著的大塊和田玉毛料吧，這樣的寶物，只有在真正的和田玉石收藏愛好者眼裏，才算是爭奪的目標。至於那些光是為了楊老爺子的人情而報牌的人，這會兒遇到這麼大塊的玩意兒，就有點兒偃旗息鼓的意思了。

小巧的和田白玉雕刻，可以在拍到手之後馬上就轉送給人，或者是楊老爺子、楊思懿，或者就是陪同自己來的身邊女子。可是，這大塊毛料要怎麼辦呢？難道直接去送給雕刻師傅？奈何自己跟這些玉石雕刻一行的人都不太熟啊。而看楊老爺子的神情變化，似乎對這麼一塊大料子並不是很在意。

如此一來，緊接著出現的和田玉毛料的競爭，倒是冷清了許多。

當然了，越是靠近主席臺的人，尤其是楊老爺子就座的那一席上，幾位老者之間爭搶著舉牌競拍的物件就越是高端。就好比那尊冰種質地的翡翠彌勒佛，沒過幾輪就被人給推到了八百多萬的價格。

而賈似道所擁有的田黃石大印，也達到了八百五十萬的價格。

人生古玩

第十章

乾隆閒章？

賈似道看了看展示臺上的田黃石大印，
又瞥了一眼阿三的表情，似乎阿三也有所發現。
這種情形，落在賈似道的眼中，
無疑更加證實了自己的判斷，
展示臺上的那枚田黃石大印，
真的是乾隆閒章的機率是非常大的。

至於其他幾號寶物，到了這個時候，反而有點「綠葉」的味道了。因為隨著賈似道的田黃石大印以及另外一個標號的翡翠彌勒佛的價格猛然間突破了五百萬之後，大家的注意力就全部集中到了田黃石大印和彌勒佛翡翠擺件上。似乎只有這兩件寶物，才有可能是爭奪「鬥寶」最終勝利的競爭者。

主持司儀則有些鬆了口氣的感覺，他抹了一把腦門上冒出來的細密汗珠，這才趕緊彙報道：「一號和田玉雕刻，最終以一百六十三萬的價格拍出；二號和田玉毛料的價格為兩百九十八萬；三號……」

一連串的寶物，以及一連串驚心動魄的數字，讓在場每一個人都聽得蠢蠢欲動。

賈似道也是看得津津有味。這樣的場面，絲毫也不比一些大型拍賣會上的熱鬧來得差啊。想到這裏，賈似道特意看了一眼阿三的反應，只見阿三一邊看著展示台，一邊巡視著眾人，尤其是競價的那些人，微微地點了點頭，時而又皺了皺眉頭。

「我說阿三，你幹嘛呢？」賈似道好奇地問了一句。

「那個，小賈，你不覺得，這最終的價格，相比起市場上而言，有點虛高了嗎？」阿三說著，還特意看了楊帆那邊一眼，似乎是在和賈似道解釋的同時，也在詢問楊帆。

「虛高一點也是正常的吧？」賈似道卻不以為意，「這可是楊老爺子的壽宴，要是出現在這邊的寶物，連市場上的普通價格都不到的話，對於楊老爺子而言，無疑是一件非常丟臉的事情。哪怕就是到最後真的沒有什麼人參與報牌，我琢磨著，也會有事先安排好的人參與進來吧？」

「小賈說得沒錯，至少不能讓那些前來參與『鬥寶』的年輕俊傑顏面掃地，這是肯定的。」楊帆在邊上接口說，「不過，小賈，你只說對了其中一點。」

「哦？」賈似道詢問著，「還有什麼別的原因？」

「呵呵，也難怪你和阿三都看不出來了。」楊帆笑呵呵地說，「誰讓你們不是臨安這邊的人，對於在場的人員都還不是很熟悉呢？我問你，要是楊老爺子真的在幕後安排人出手的話，那這些寶物的價格，會不會超過市面上的價格許多呢？」

「應該不會吧？」賈似道下意識地說了一句，不過，設身處地想了想，覺得在這種時候，即便楊家要安排人手參與進去是一種需要，卻也不會安排傻子參與。什麼樣的東西該值多少價格，大家心裏肯定都是非常清楚的。要說只是略微虛高一點還比較可信的話，那麼，一旦高出市場價格太多，反而會被人懷疑了。

「所以說，這裏面有一部分可能是楊家的人手參與報牌了，不過，對於這些人，如果不仔細看的話，還真是不太看得出來。」楊帆笑著說，「他們可不會做得太明顯，出價的時候也不會出得太高。一旦有其他買家參與的話，他們肯定是會果斷退出的。不過，其他人嘛……」

「就像九號？」賈似道心頭一動，有些明白過來了。

「沒錯。你倒是眼尖。」楊帆點了點頭，露出一副孺子可教的表情。

賈似道很乾脆地把頭撇向了一邊。九號寶物是一顆粉色鑽石，即便賈似道對於這一行不是很瞭解，卻也知道，這樣一顆小鑽石，竟然拍到了將近四百萬的價格，要說不是自己人抬上去的，恐怕說出去都沒有人會相信。

「看來，這楊老爺子的壽宴，也不是那麼平靜啊。」阿三有些感歎地說道。

因為賈似道只是專注於翡翠一行，在瓷器、古代錢幣方面對於價格也還算是比較敏感，但是，在其他方面就要遜色很多。無怪乎在阿三能看出總體價格變化趨勢的時候，賈似道也只能感覺到，有幾件寶物的價格略微虛高幾分。

「也不能這麼說吧。」楊帆道，「三位還記得，在一開始的時候，我就提過這一次壽宴的最終目的吧？」說話間，楊帆再一次把目光有意無意地瞥向楊思懿的方向。似乎是在提示著，即便有人想要捧一下自己參與「鬥寶」的寶物價格，也是另有所圖的。

「這樣一來，小賈，你和另外一位，可就成了這些年輕俊傑憤怒的對象了哦。」阿三倒是在邊上沒心沒肺地說了一句。

如果這一次的「鬥寶」活動，沒有賈似道的田黃石大印的異軍突起，或者沒有那一件大型冰種陽綠翡翠彌勒佛雕擺件，對於以一百萬為底價的寶物來說，將近四百萬的價格，還真的是非常有希望獲得最終勝利的了。

「我說怎麼的，在我從展示台那邊回來之後，身上莫名其妙地就感到多了許多目光的注視呢。」賈似道有些開玩笑地說了一句，「我說阿三，該不是你也有些後悔自己沒有參與這次的『鬥寶』了吧？」

「怎麼可能呢？」阿三驚詫道，「我會是那種人嗎？再說了，我好歹也是有女朋友的人了，對於小賈你這樣的單身漢，我是絕對不會和你競爭的。」

一席話，說得賈似道連翻了幾個白眼。而邊上的楊帆卻饒有興致地看著賈似道和阿三兩個人，似乎這樣的逗趣讓他有些忍俊不禁了。在楊帆的想法裏，或許怎麼看，都不會覺得賈似道還是單身的吧？

「小賈，你的這枚田黃石印章，還真的是潛力無限啊。」暫且不管賈似道和阿三兩個人的插科打諢，楊帆聽到周圍的人猛然間一陣譁然，趕緊轉頭去看了一下，發現竟然是田黃石大印的價格又漲了！

「九百萬！」臺上的主持司儀非常激動地喊著，「九百萬了，還有沒有人繼續報價？這枚田黃石大印，還真的是給了我們很大的驚喜啊。從它剛一上臺的時候，就給了我們不小的驚訝，隨即更是驚喜連連，到現在，都已經是九百萬了。九百萬，還有沒有人出價？」

主持司儀在主席臺上不厭其煩地鼓動著。

而台下的人，自然也有不少人在附和與吶喊著。還真別說，價格竟然又上了一個臺階，隱隱的就有突破九百五十萬的趨勢了。

「這樣的潛力，說明大家還是不太看好這枚印章真的是帝印啊。」賈似道卻感歎了一句。要是這枚田黃石大印真的是乾隆帝印的話，不要說是九百萬了，就是一千萬、兩千萬，也是沒話說的。

「呵呵，我說小賈，九百萬就已經很不錯了。」阿三卻在邊上笑著說，「你也不想想，這枚東西你是怎麼得來的。」

那話語裏潛在的意思，倒是讓賈似道感到有些汗顏。說起來，能從泥硯中砸出田黃石來，就足以讓人欣喜了，更不要說還是一方古代印章了。雖然，究竟是不是清乾隆用過的東西還說不好，但是，出自清代卻是確定無疑的。這麼一來，九百萬的價格，倒也不算辱沒了這枚印章。

「不過，另外那件翡翠彌勒佛擺件也很不錯哦，你看看，那件東西也超過九百萬了呢。」楊帆有些大驚小怪地說，「真是太刺激了，啊，田黃石印章竟然突破九百五十萬了，這個價格，還真是沒有想到啊。」

只是，過了半分鐘左右，在賈似道琢磨著自己的耳朵是不是可以清靜下來的時候，楊帆的感歎聲再次傳了過來：「天啊，一尊冰種質地陽綠翡翠彌勒佛像，竟然也能拍到九百五十萬的價格，真是，真是……」

「真是讓你無話可說了，是不是？」阿三有些好笑地看著楊帆，「幸虧你沒有去過小賈的翡翠店鋪。」

「為什麼？」楊帆一愣。

「因為……」阿三故意拖長了聲音，吊足了他的胃口，才接著說道：「因為九百多萬價格的東西，尤其是翡翠的，在小賈的翡翠店鋪裏，也就是一般的貨色。」

「也是！」也許是想到了翡翠行業的利潤，在聽了阿三的話之後，楊帆倒是冷靜了下來。畢竟，楊帆也算是行內人，對於翡翠行業的利潤是很清楚的。別看雞血石、田黃石之類的四大名石，在歷史底蘊或者印章方面炒作得非常厲害，但是在價值上，卻和極品翡翠差距甚大。

也正因為如此，楊帆才會感到，在喜好雞血石的楊老爺子的壽宴上，出現了翡翠雕刻擺件竟然有一個非常高的價格，讓所有人驚豔的時候，才會流露出幾分驚詫的表情來吧？

隨後，楊帆在看向賈似道的時候，神情也多了幾分羨慕之情。不管是誰，在賈似道這個年紀，就擁有了一家出名的翡翠店鋪，自然是讓人豔羨的。

不過，楊帆也算是心理素質很好的。他略微打量了一眼之後，便開始了先前的那種風輕雲淡的表現，品著酒杯裏的紅酒，手中的酒杯也在緩緩地轉動著，一派高人的模樣。

賈似道和阿三相互對視了一眼，忽然發現，現在的楊帆和剛才的那個激動的人，竟然會是同一個人，實在是詭異得很啊。

「對了，楊兄，那個為翡翠彌勒佛像出最高價格的人，是誰啊？」因為對於這邊的人並不是很熟悉，阿三也是一副我不認識他的表情，賈似道只能問起楊帆來了。

「他？」楊帆看了楊老爺子那一席一眼，「哦，原來是他老人家啊，難怪，難怪了……不過，有點奇怪啊，他似乎並不需要翡翠飾品啊。」

「誰？」賈似道也緊跟著楊帆的目光看去，只見一位坐在楊老爺子邊上的老者，正是出價九百五十萬的人。瞧他的模樣，看上去非常健碩，滿面紅光，一副志在必得的模樣，手中的牌子舉著也非常穩健。

邊上的阿三說了一句：「不過，這樣一位老人家，喜歡彌勒佛的造型，也是很正常的啊。」

「呵呵，喜歡不喜歡，那是其次的。」楊帆說道，「最為主要的，就是謝老的孫子，正是展示臺上的翡翠彌勒佛像的主人。這一下，你們應該能明白，為什麼翡翠彌勒佛像的價格，能一直追著小賈的田黃石大印不放了吧？」

果然，就在楊帆的話音剛落的時候，謝老再一次舉牌，很堅決的就超越了賈似道的田黃石大印的價格，上面意氣風發地寫著「九百八十萬」的數字。

有些刺眼，卻又是如此鼓動人心。

似乎整個會場上的所有人，都被謝老的手段給震懾住了一樣，原先還準備給田黃石大印加價格的人，在瞥了一眼謝老之後，也笑呵呵地放棄了。不過，賈似道卻不希望自己的田黃石大印如此輕鬆地就被人給拍走了。當即，他從楊帆的身邊拿過來一個牌子，在上面寫上了：九百六十萬！

不多不少，剛好超越了現場的田黃石大印的出價九百五十八萬，卻又低於謝老想要競拍的翡翠彌勒佛像的九百八十萬。

一時間，眾人不由得又是一愣，有些沒有回過味來。

就連楊老爺子和楊思懿，這個時候也是無比詫異地看了看賈似道。在「鬥寶」的過程中，參與「鬥寶」的人，竟然自己出價競拍自己的寶物，說句好聽的，那就是對自己的寶物充滿了信心，對別人的出價不是很滿意，說句不好聽的，那就是違反規則啊。

只有同樣是坐在楊老爺子邊上的劉老，這會兒看向賈似道的眼神，卻多了幾分欣賞的神情。見到賈似道也向他看過去，還微微對賈似道頷首，賈似道自然也是微笑以對了。

整個大廳似乎有些冷場。主持司儀打量了一下四周的人，咳嗽了一聲，高聲喊著：「好，到了競拍的最後環節，竟然出現了一個別致的高潮，實在是出乎大家的意料啊。我想，在場很多人對於這個場面，心裏或多或少都會感覺到有些怪異吧？那麼，下面就先暫停一下『鬥寶』環節，由我來代表大家，詢問一下讓大家產生疑問的這兩位，大家看，好不好？」

「好——」主持人的話音剛落，就有好事者熱烈地支持起來。幾乎片刻間，整個場面就又活躍了起來，甚至還有人輕輕地鼓了幾下掌，那意思，分明就是贊同主持司儀的決定。

阿三回頭看了賈似道一眼，對賈似道豎了豎大拇指。

賈似道可不會覺得阿三是在誇自己，那意思無非就是說：算你有種！

倒是楊帆有些真心佩服，苦笑著對賈似道說道：

「小賈，還真是沒看出來，你竟然有這樣的魄力。不過，面對接下來主持人的問話，你可沒辦法迴避了。一個說不好，說不定，先前你樹立起來的形象，就徹底毀掉了呢。你可要小心一點啊。」

說到最後，那份出自真心的關懷，讓賈似道略微有了幾分意外。和楊帆的相識，不過就是在這一次的壽宴上，對方能在這個時候點到即止，也算是盡了很大的情誼了。為此，賈似道對楊帆很淡然地點了點頭。那副成竹在胸的模樣，倒也讓楊帆安心了不少。

先前聽說自己參與「鬥寶」的寶物，只要是有人競價，就不太容易撤下來的時候，賈似道的確是有些著惱的，琢磨著自己究竟要怎麼做，才能把田黃石大印給收回來。一度的，賈似道還認為，是不是可以讓阿三來出價，把自己的東西給拍下來呢？

畢竟，在「鬥寶」的過程中，只要不是做得太明顯了，競拍所需要的花費，是不用提成給主辦方的，這也算是和拍賣會最大的不同了。也就是說，賈似道不希望自己的東西落入他人手中的話，只要是他自己安排的人出價最高，勢必就又能出風頭，又沒有任何經濟損失了。

如果要做得更加徹底的話，還可以把一件不值錢的東西給抬到幾百萬，乃至於上千萬的價格呢。到時候，這場楊老爺子的壽宴，可就真的成為了別人眼中的笑柄了。

主持人司儀在走下主席臺之前，還特意看了楊老爺子一眼，似乎是得到了楊老爺子的默許之後，才放心大膽地走到謝老邊上，詢問道：「首先，我要恭喜一下謝老，您參與競拍的這件拍品，如果不出什麼意外的話，肯定就會被您收入囊中了。」

謝老自然站起身來，朝四周抱拳作禮。看得出來，他的表情還是比較興奮的。在剛才主持人暫停了「鬥寶」的時候，其實在場的人也都看明白了，要是沒有什麼意外的話，那麼，翡翠彌勒佛像的歸屬已經是非常明確了。

即便有人在這個時候還想著要收下這件東西，也無非是想要幫著謝老而已。在報牌的最後階段，壓根兒就沒有其他人再打翡翠彌勒佛像的主意。畢竟，這件東西說到底，九百多萬的價格，已經大大超過市場上的價格了。雖然為了給楊老爺子助興，花點小錢也是應該的，但要是花費太大的話，卻也不是一些前來祝賀的友人願意的。

這會兒謝老自己出手，一下子讓交易的價格超越了賈似道的田黃石大印，其心意已經是司馬昭之心路人皆知了。

想必，在這個當口，也不會有哪個不開眼的人，非要站出來和謝老過不去吧？

除非是賈似道的田黃石大印的價格一而再、再而三的，繼續超越謝老看中的翡翠彌勒佛像。這個時候，或許這兩件寶物的最終歸屬，才會出現一些變數吧？不過，對於謝老這邊的出價，再看眾人的態度神情，是沒有人覺得意外的。

大家只是覺得謝老這麼做，有點過於拘泥了。要是僅僅想要提高一下自己孫子在楊老爺子眼中的形象的話，以謝老跟楊老爺子的關係而言，實在是有些小題大做了。在外人看來，完全可以在私下裏交流嘛。

只有楊思懿，這個時候看向謝老的眼神，頗有了幾分無奈。這種長輩和小輩之間的鴻溝，想必會讓很多年輕人頭疼吧。

也許是看出了謝老這會兒的精神很不錯，主持司儀在這個時候，及時地湊上了話筒，詢問道：

「謝老，您為什麼要不惜高價來競拍這尊翡翠彌勒佛像呢？要知道，您老本身可就是臨安市非常出名的玉石玩家啊，可以想見，這樣的冰種陽綠翡翠，對於您這樣的大家來說，應該並不算是非常稀罕，可是謝老您仍然以九百八十萬的價格來競拍，那麼，您能告訴大家，這尊彌勒佛像的珍貴之處嗎？」

謝老樂呵呵地用手示意了一下話筒，隨後才開口說道：

「目前，就市場上的價格而言，如此大件的翡翠擺件，又是冰種陽綠的，從成色、雕刻工藝上來說都算得上是精品，那麼，售價能達到千萬也是很正常的。我現在能用九百八十萬拍下來，說不定還能撿個小漏呢。」

說到這裏，謝老停頓了一下，似乎是在故意吸引大家的注意力一樣，待到周邊不少人會心一笑之後，謝老接著說道：「當然了，我剛才所說的，肯定不是我要盡力爭取拍下這件翡翠彌勒佛像的真正目的。我的真正目的，大家難道還看不出來嗎？」

說完，謝老毫不掩飾地看了看自己的孫子。

這會兒，賈似道等人順著謝老的目光，看到了另外一席上的一位臉上洋溢著笑容的年輕男子，在聽了謝老的話語之後，也很自然地站起身來，對著周圍的人致謝。那坦然而鎮靜的模樣，給人的印象非常不錯的。

「還真是虎父無犬子啊。」阿三感歎了一句。

「錯了，人家可是爺孫倆來著。」楊帆在邊上插了一句，「而且，謝老爺子在翡翠一行的造詣是非常高的。」也許是注意到阿三不以為然的神情，楊帆也不多作解釋。對於外人而言，沒有聽說過謝老爺子年輕時候的傳奇經歷，是不會明白，一位真正的玉石大家對於翡翠一行的眼力的。

而阿三的不以為然，更多的則是因為賈似道。從賈似道進入翡翠一行到目前為止，所取得的成就，不要說是其他人的什麼傳奇了，在對賈似道知根知底的阿三看來，其他人在翡翠一行的成就再怎麼傳奇，恐怕都沒有賈似道的事蹟來得神奇吧？

更何況，對於賈似道的經歷，阿三還有著先入為主的印象，就活生生地發生在他的身邊。雖然，阿三也知道，有不少事情，賈似道肯定是沒有完全跟他解釋的，卻不妨礙阿三在翡翠賭石上的見聞，他接受傳奇事蹟的神經，已經算得上是非常大條了。

「我倒是有些好奇，既然謝老爺子本身就是翡翠行家，為什麼他的孫子參與到『鬥寶』的時候，會用冰種陽綠的彌勒佛雕呢？」賈似道有些懷疑地問道。

以楊帆的說法，謝老爺子的手中，應該不會缺少比眼前的翡翠彌勒佛像更好的藏品。

「這個，也正是謝老爺子高明的地方吧。」楊帆侃侃而談地說道。似乎，眼前出現這件冰種豔綠的翡翠擺件，是天經地義的。

「你想啊，要是謝老的孫子謝重直接拿出價值幾千萬的翡翠飾品來參與『鬥寶』的話，不用說，大家也知道這東西不是屬於他自己的東西了吧？」楊帆說道，「而眼前這尊彌勒佛像，我雖然還不是很確定它是不是謝老的孫子的東西，卻不妨礙我朝這個方面去猜測。」

「這個倒是！」阿三在邊上附和了一句，「要是我是謝老的話，說不定，我也不會拿自己最好的東西出來呢。」

「看上去，好像你們是謝老肚子裏的蛔蟲似的。」賈似道有些好笑地說，「怎麼，是不是你們也很希望，以後自己的兒子孫子能娶回一個像楊小姐這樣的媳婦啊？」

「那是肯定的啊。」阿三倒是大方地承認，「要是我兒子不娶個漂亮媳婦回來，我就打斷他的腿！」這話說得連楊帆都有些忍不住地笑了起來。

而現場眾人，似乎也正如賈似道、阿三幾人所猜測的那樣，紛紛對謝重報以很欣慰的目光，乃至於在看著謝老爺子的時候，目光也都敬佩了不少。至少，謝老爺子的坦率，謝重的穩重，在這一刻，都給人很深刻的印象。

就連壽宴的主角楊老爺子，這會兒看向謝重的目光，也有了幾分曖昧的感覺呢。到了這個時候，也只有楊思懿在瞥了一眼謝重的時候，眼神中多了幾分無奈。不管怎麼說，謝重和謝老爺子聯手製造出來的效果，基本上都達到預期了。

而主持司儀在解讀了謝老爺子出價的目的之後，又開始吆喝起來：「諸位，請靜一靜，靜一靜。今晚楊老爺子的壽宴，『鬥寶』環節分外精彩，剛才大家也都見識了什麼是真正的一擲千金。尤其是謝老爺子為了讓自己的孫子在楊老爺子面前博一個好印象，直接出價九百八十萬，實在是非常慷慨啊。」

一席話，說得原本還有些羨慕謝重的年輕人們，這個時候也都緩過勁兒來了。也是，都已經是既成事實了，再在這邊嫉妒也無濟於事了。與其這個時候給楊思懿落下一個浮躁小心眼的印象，還不如大方一點，等待「鬥寶」活動的結局呢。這樣一來，要是讓楊思懿注意到，同樣能給佳人留下一個不錯的印象。

「不過，對於剛才發生的事情，謝老爺子的出價，正如他老人家所說的，是在情理之中的。」主持司儀說道，「而下面我要採訪的這一位，他的出價，卻實實在在是出乎了我的預料。不要說是我了，恐怕在座的任何一位，事先都不會想到他所出的價格吧？」

「誰說的啊，我就想到了。我可是從一開始就知道他會出價的呢。」似乎是覺得主持司儀說得有點太過絕對了，這個時候，竟然還有在底下高聲打岔的。一語說出來，自然是惹來一片善意的笑聲了。

主持司儀也不在意，樂呵呵地說道：「看來，還真的是有未卜先知的朋友啊。不過，我倒是很好奇，既然你能猜到賈先生會出價參與競拍，那麼，你是不是也能猜到，他為什麼會出一個非常奇怪的價格呢？」

「這個，我還真是不知道了。」依舊是那個聲音，但是，很顯然的，這一次的聲音比起第一次來，明顯要降低了好幾個調。

眾人的笑聲卻反而大聲了一些。

「幸好你不知道。」主持司儀卻在這個時候拍了拍自己的腦門，一副受了驚嚇的模樣，說道：「如果你連這都知道的話，那我乾脆直接採訪你好了。不，應該直接找你要下一期的彩票號碼。」

一邊說著，主持司儀一邊朝賈似道所在的位置走過來，當靠近到一定距離的時候，主持司儀就開始說話了：「賈先生，您請坐，請坐。」

也許是見到賈似道正準備站起來，主持司儀很大方地示意賈似道可以坐著回答，賈似道卻仍然禮貌地站了起來，要知道，在剛才，連謝老爺子都站起身來了呢。賈似道這樣一個年輕人，就更應該注重禮節了。

很快的，主持司儀的話筒就遞到了賈似道面前，問道：「我非常好奇，您為什麼會在這個時候，對自己的寶物進行競拍呢？」

「這個只能說是我一時的想法吧。」賈似道琢磨著說道。

「一時的想法？」主持司儀明顯有幾分驚訝的神情，緊接著眼珠一轉，說道：「我是不是可以理解為，你面對自己的田黃石印章只拍出了九百多萬的價格，感到不滿意呢？可是，這也不對啊……」

如果說賈似道真的是對拍出的價格不滿的話，那麼，賈似道在加價的時候，勢必應該增加得更多一些。畢竟，在賈似道之前，這枚田黃石印章的價格，也是剛剛超過了九百五十萬的坎兒，達到了九百五十八萬的價格。而賈似道所出的價格僅僅為九百六十萬，只是添了兩萬塊而已。

更為重要的是，這九百六十萬的價格，比起謝老出價的九百八十萬的翡翠彌勒佛像而言，還有著不小的差距。如果就以現在這樣的情形結束「鬥寶」活動的話，賈似道依舊得不到金獎，只能獲取銀獎。

可是，即便賈似道不加價，也照樣是穩拿銀獎了。那麼，賈似道還有這個必要為了銀獎而參與到競拍過程中去嗎？

這個疑問，不但主持司儀不理解，在場的很多人也都不明白。

一時間，在主持司儀詢問出來之後，也不知道有多少人，此時目光都看向賈似道。要不是賈似道在這近半年的時間裏經歷了不少事情，心理素質已經鍛煉得非常強了，恐怕這會兒，僅僅是受到這麼多人的注視，也會流露出幾分膽怯的神情來吧。

「呵呵。」賈似道先是淡淡地一笑，才接著說道：「我的確是對只拍出九百五十多萬的價格感到有些遺憾。」

「可是……」主持司儀很詫異地想要追問一句。

賈似道卻伸手示意了一下，表示自己肯定會接著解釋的，主持司儀的話語頓時就被遏住了，彷彿是吃了一隻蒼蠅一樣，臉上的神情在那麼一瞬間顯得有幾分難看。不過，相比起賈似道即將解釋的答案來，主持司儀的神色又變得期待起來。

「你是不是想問，既然我對這個價格不太滿意，為什麼僅僅是只添了兩萬塊錢，對吧？」賈似道一邊說著，一邊看著主持司儀的神情，見到對方點頭，賈似道嘴角的笑意更加濃郁了一些：「其實，這主要還是因為謝老爺子先出手了，我總不好駁了人家的心意吧？」

「哦？」主持司儀這下子倒是來了興趣，「這還跟謝老爺子有關？」

「是的。」賈似道彷彿是為了讓自己的解釋更加有理由、有根據似的，很肯定地點了點頭，再看向謝老爺子那邊。此時謝老的眼神也是微微有幾分好奇，連帶著楊老爺子、楊思懿等人，也都詫異地看著賈似道。

「我雖然對於自己的東西競拍出來的價格有所不滿，可是，那終究只是我自己的事情。」賈似道說，「如果因為我自己的事情而影響到其他人，我當然是不願意的。所以，在謝老爺子果斷出價之後，我跟隨著出價的底線，就是不能超過謝老爺子的價格了。」

如此一來，也算是解釋了賈似道為什麼只添了兩萬塊錢了。

「這麼說來，賈先生是對我表示不滿了？」謝老爺子那邊正笑意盈盈呢，邊上的一位老頭子卻站了起來，對賈似道頗有些怒氣地問道。

「這位是張老先生，他是為你的那塊田黃石大印出價九百五十八萬的人。」楊帆趕緊小聲地在賈似道的邊上提醒了一句。

賈似道對楊帆感激地一笑，這種情況，也在賈似道的預料之中。畢竟，賈似道如此解釋，不會得罪謝老、楊老爺子，那是肯定的，要不然，賈似道也不會準備如此說辭了。但是，對於同樣看中了田黃石大印的人而言，卻無異於搧了人家一個耳光。

似乎那九百五十八萬的價格，不但不能體現出人家對於田黃石大印的喜愛，反倒像是侮辱了這枚大印一樣。好在，賈似道對此也是早有準備，他微微瞟了瞟正在那邊期待地看向自己的劉老，賈似道深吸了一口氣，說道：

「張老先生，我可不是故意和您過不去。說實在的，您能看中在下的這枚田黃石大印，並且在報牌的時候一路挺下去，一直到了九百五十八萬的價格，已經是有些出乎我的意料了。我內心裏的估計，這枚田黃石大印，能有個八百萬左右的價格，就已經是極限了呢。」

「那個，賈先生，你這話說得似乎是有些前後矛盾啊。」

那邊的張老似乎是在琢磨著賈似道的話的可信度，主持司儀可不會放過賈似道。似乎整個「鬥寶」活動，只要是和賈似道扯上一點關係的時候，總會發生一些意想不到的狀況。

就比如說最開始「獻寶」的時候，賈似道會拿出一塊毫不起眼的泥硯，隨後，卻從泥硯中砸出了一枚田黃石大印。而在解說的時候，更是有劉老做出鑒定，這枚東西很可能是一枚清乾隆的御用印，乃至於到最後競拍報牌的時候，賈似道竟然對自己的寶物進行了追加競拍。

如此種種行為，雖然讓主持司儀感到有點頭皮發麻，處理起來頗有點棘手，卻也足以說明，賈似道的出現是這一次「鬥寶」活動的亮點。

只要賈似道在接下來的幾個問題中能夠很好地自圓其說，不落下什麼把柄，主持司儀可以完全肯定，不管這一次的「鬥寶」活動誰獲得了金獎、銀獎，最大的獲益者，非眼前的賈似道莫屬。

「也不算是自相矛盾吧。」在主持司儀有些走神的瞬間，賈似道回答道：「怎麼說呢，如果說這枚田黃石大印沒有什麼歷史價值，僅僅是憑著它的材料來體現它的價值的話，八九百萬的確不算是辱沒了它。」

「的確。」主持司儀在這個時候，也還算是比較照顧賈似道的，有些認同地說道：「這麼一塊田黃石，按照其大小來說，的確是比較難得，再加上雕刻的工藝，能達到八九百萬的價格，實在是個很不錯的成績了。在座的各位，在田黃石方面有很多都是行家，想必對於這一點，沒有人會否認吧？」

說到這裏，主持司儀環顧了一下現場，看到有不少珠寶玉石的愛好者也都是情不自禁地點了點頭，這才對賈似道說道：

「而且，賈先生，如果您剛才自己不出價的話，九百五十八萬，以及馬上能夠到手的銀獎獎金，這兩者相加起來，可是差不多也能達到一千萬的價格了，難道這還抵不過你的田黃石大印？」

「一千萬？」賈似道神情有些淡然地伸出兩個手指，「剛才劉老也說了，如果這枚田黃石印章真的是清乾隆御用印的話，一千萬的價格，也不過是撿漏的價格而已。」

「賈先生，您該不會真的認為，這枚印章是乾隆閒章吧？」主持司儀一下子提高了自己的聲音。

同時，在場不少人也都有些神情怪異地看向賈似道。

如果說在最開始的時候，劉老提出這枚田黃石大印可能是清乾隆的帝印還僅僅是一個噱頭的話，那麼，到了這會兒，賈似道自己也毫不遮掩地說出來，並且還做出了自己參加報牌競拍的舉動，這就有些耐人尋味了。

整個現場，除了劉老看向賈似道的眼神中有幾分贊許之外，就連阿三、楊帆兩個人，看向賈似道的表情也顯出了幾分怪異。

楊帆是在感歎著，賈似道的膽子還真是大啊。在這種時候，不但能面對眾人的好奇侃侃而談，還能抓住劉老爺子先前的一句隨意猜測的話來進行延伸想像，不管結果怎麼樣，賈似道都算是整個壽宴中的亮點了。不過，大家隨即想到，要是這枚印章真的是帝印的話，一千萬的價格還真的是有點太低了。一時間，整個現場竟然前所未有地出現了沉默。

有的人在關注著賈似道，有的人則在察看著田黃石大印，許多在眾人中頗有威望的老者，這會兒還站了起來，走到田黃石大印的邊上，仔細鑒定起來。這也讓現場眾人的好奇心被提高到了頂點。

主持司儀有些不知所措地看了看楊老爺子，打著一個詢問的眼神，在見到楊老爺子點了點頭之後，支持司儀才對賈似道說道：「賈先生，一般而言，按照『鬥寶』的規定，在中途是不能退出的。如果非要退出的話，就必須徵得針對你的寶物報牌達到最高價格的買家的同意，也就是張老先生的同意。」

說到這裏，主持司儀先是看了看張老先生，隨後，又趕在賈似道開口說話之前說道：「當然了，因為這一次的情況有些特殊，賈先生，您剛才在進行『鬥寶』的時候，就已經給自己的寶物出過一次價格了，而且，這價格還超過了張老先生的報牌價格，這麼一來，如果按照程序來說，也就是你自己說了算了。」

聽到這裏，賈似道心裏暗自一樂。說白了，還不就是自己剛才的舉動，給自己開了個好頭嘛。

「不過，您也知道，那件東西是屬於你自己的。」主持司儀看著賈似道說，「即便你出了一個很高的價格，也不能說最終的決定就是由你自己來做。」

「哦……」賈似道一時間不知道說什麼好了。

在這一瞬間，賈似道的眼神很自然地瞟了一眼九號粉鑽的擁有者，以及謝老爺子和謝重兩個人。賈似道的舉動的意思很明顯，似乎從實質上來說，那幾位也很明顯的就是自己給自己的東西報牌競拍的吧？

主持司儀訕訕一笑，就有意避開了這個話題。這也是他聰明的地方，要是在這個問題上繼續糾纏下去的話，天曉得整個「鬥寶」大會會不會因為好幾個人參與了自己寶物的報牌競拍，而變成一場鬧劇呢。

賈似道的舉動，雖然在一些老人家的眼中，是屬於不按規矩出牌的行為，說得惡劣一點，就是在楊老爺子的壽宴上胡鬧，簡直是膽大妄為。不過，從另一個方面來說，賈似道的舉動卻又是很有膽量的。

這不，到了這會兒，好幾位和楊老爺子交好的老人家，包括謝老爺子在內，都把會意的目光投在楊思懿的身上。在他們想來，也只有楊思懿，才能讓賈似道表現得如此不顧一切吧？

就連坐在楊思懿一旁的楊老爺子，這個時候也在低聲詢問著：「思懿啊，這個人也是你的追求者之一？」

那曖昧的語氣，以及低聲的詢問，都讓楊思懿一陣臉紅，她趕緊搖著頭說：「只是一個朋友而已，而且，還是一個才認識不久的朋友。」

說到最後，就連楊思懿自己都感覺到，自己的聲音沒有多少底氣了。要不是楊思懿自己也感覺到有那種可能的話，她又何必在面對父親的詢問時，特意咬著「才認識不久的朋友」這幾個字不放呢？

好在，楊老爺子倒也沒有讓自己的女兒繼續難堪，緊接著問道：「今天晚上是你邀請他過來的？」

「是的，就在早上的時候，我才給他請柬的呢。和他一起的，還有坐在他身邊的那一位。」楊思懿用目光示意了一下，「只是我沒想到，他會來參加『鬥寶』。」

「呵呵，這個年輕人不簡單啊。」楊老爺子看了看賈似道，又看了阿三一眼，有些感慨地說：「既然你都說了，他不是你的追求者，那我也沒什麼好說的了。他的田黃石大印，在我看來的確是一件好東西，九百多萬的價格竟然還不準備出手，實在是有些奇怪啊，讓人有點想不明白。如果不打算追求你，也就沒有必要大出風頭了啊。」

「爸，人家可是一家翡翠店鋪的老闆呢。」楊思懿有些無奈地說。

「哦？」楊老爺子好奇地看了楊思懿一眼，眼神中充滿了笑意的同時，也帶著幾分詢問：「你不是說剛認識不久嘛，怎麼這麼快就幫人家說起話來了。」

「我這個怎麼能叫幫他說話啊。我只是實話實說而已。我第一次見到他的時候，就是兩天前在玉岩山那邊。」楊思懿整理了一下自己的思緒，「最近臨海那邊的『綠肥紅瘦』翡翠店鋪，您總應該有所耳聞吧。那就是他剛剛開業的店鋪。

而且，這一次他能來臨安這邊，也是有想要往雞血石方面發展的意思吧。」

「應該是想要和我們的『石之軒』合作吧。」楊老爺子不愧是在商場上打拚了大半輩子的人，從楊思懿的幾句話中，很快就判斷出了賈似道的目的，而且，對於今天晚上賈似道的所有舉動，一下子就有了一種茅塞頓開的感覺。

一個外行人，想要進入雞血石這個行業，要是不通過一些必要的人際關係，是很難打開屬於自己的市場的，不管是從貨源還是從客源來說都一樣。而作為在臨安這邊，乃至於就是在全省都是非常出名的「石之軒」的掌門人，楊老爺子自然會有這樣一份自信了。

「還真是打的好主意呢。」說到這裏，楊老爺子忽然露出一副饒有興趣的神情，看著楊思懿說道：「女兒啊，我說，如果這位賈先生真的對你有興趣的話，你看他是不是還算合你的心意呢？」

「老爸，你說什麼呢！」楊思懿不禁有些著惱地白了楊老爺子一眼。不過，那小女兒的情態，在那麼一瞬間還是感染了楊老爺子，讓老人家忍不住「呵呵」笑了起來。以至於其他一些在偷偷打量著楊思懿的年輕男子，這個時候忍不住吞了吞口水。

當一個習慣了渾身散發出都市職業女性氣質的身影，忽然流露出小女兒姿態時，那種震撼力，遠要比她對著你嫣然一笑，來得更加刺激一些。

「呵，老爸我就不在這邊多說了。」楊老爺子也許是想到這會兒還是在他的壽宴上，單獨談起賈似道的話，或許對他的女兒楊思懿來說並不是一件好事，不由得就把談話的範圍一下子擴大到了所有年輕人身上，問道：「不過，今天晚上的年輕俊傑也來了不少啊。難道你就沒有看誰順眼一些？」

「一個都沒有。」楊思懿當即就一股腦兒地把所有年輕俊傑都給否定掉了。

「哎，你說我該怎麼說你好呢？」楊老爺子歎了口氣，「你看看你，年紀也不小了，人家女孩子像你這麼大的時候，都抱上孩子了呢。」

「老爸……」楊思懿忍不住輕聲地嘀咕了一句。或許只有在楊老爺子的面前，她的表現才永遠都是這麼任性和小孩子氣吧。

「我這不是給你一點建議嘛。」楊老爺子看慣了楊思懿撒嬌的模樣，對於那些正朝著這邊看過來的幾個年輕人露出驚詫的表情也是絲毫不在意，自己的女兒越有魅力，作為父親的他臉上也越有光不是：「那你說說，那個翡翠彌勒佛像的擁有者謝重，他怎麼樣？以老爸和他爺爺的關係，還不是一句話的事啊。當然了，前提是你要看得上人家……」

「我自己的事情，還是由我自己來決定吧。」楊思懿的態度依舊是這麼堅決。似乎一說到她的對象，她的神情就堅定了許多。不過，在這個時候，也許是賈似道那邊又鬧出了什麼動靜吧，楊思懿很自然地朝著那邊瞥了一眼，發現主持司儀和賈似道正在商量著什麼呢。

「呵呵，那位小夥子，是不是和你接觸過挺多次啊？」楊老爺子看到這般情形，有些樂呵呵地問道。

「也沒多少次。」楊思懿考慮著答道，「就是在早上的時候，在分店那邊遇到了，他想要和我們合作。」

「唉，你有這份心思，我就很高興了。」楊老爺子忽然有些莫名地說了一句。

都說知女莫若父，對於楊思懿最近幾天都往玉岩山那邊去，楊老爺子自然知道她的目的是什麼。

既然「石之軒」想要擴展到其他領域，而賈似道的「綠肥紅瘦」又準備進軍高端雞血石行業，雙方合作的話，的確是雙贏的局面。

唯一讓楊思懿有些意外的是，賈似道不但來了，還參與到了年輕俊傑的「鬥寶」活動中。在原先楊思懿送出請柬的時候，楊思懿已經做好準備了，要是自己在壽宴中被一些追求者不勝煩擾的話，就找賈似道這樣從別的地方過來的人來推脫一下。至少，也可以用談公事的名義來名正言順地敷衍一下吧？

誰知道，賈似道不但參與到了「獻寶鬥寶」的過程，更是拿出了一塊毫不起眼的泥硯，從裏面砸出了價值九百多萬的田黃石大印來。而在最後關頭，即將獲得銀獎的他，卻又要撤下自己的東西。

這讓楊思懿的心情不由得變得有些忐忑起來，她猜不透賈似道究竟是想幹什麼。

楊老爺子樂呵呵地說：「好了，別跟個怨氣的小媳婦一樣。我倒是希望你早點嫁出去呢。可是，你自己不努力，老爸我又有什麼辦法呢。你看看，我好好的一個壽宴，這會兒倒好，大家都很有默契地派一些年輕小夥子過來，名義上是給我祝壽，實際上還不是想要過來做我的乘龍快婿啊。」說到最後，楊老爺子笑得有些大聲起來。

「爸——」楊思懿卻苦惱著，「你又欺負我了。現在那邊的『鬥寶』還沒有結束呢，我們作為主辦方，還是應該多多關注一下吧。」

說著，她就把目光投到了賈似道身上。這會兒，卻不像剛才那樣偷偷地看了，而是好奇地期待著。順帶的，也算是把自己和父親之間的談話給轉移到現場發生的事情上去。

「也好！」楊老爺子頗為認同楊思懿的話，輕聲說道：「他的田黃石印章的確是一件好東西，而且是藏在泥硯之中的，實在是大有匠心，令人驚喜無限啊。現在竟然還準備撤拍，小夥子倒是很有趣……就讓我來看看，他還能玩出什麼新花樣來吧。」

賈似道這邊，主持司儀湊過來，和他商量了好一陣子。比如謝老爺子幫助謝重來競拍，和賈似道自己參與自己寶物的出價，不能算是一回事。另外，九號參與「鬥寶」的人，雖然很明顯的是自己安排的人在提價，可是，人家好歹也沒有賈似道這麼明目張膽不是？

用司儀的話來說，那就是，以上兩位參與者都表現得非常低調。而賈似道的行為，實在是有些乖張。說得不好聽一點，就是成為眾矢之的了。

所幸賈似道也不擔心什麼。賈似道的人際關係圈子，最主要的還是在臨海那邊，甚至臨海的古玩圈子對於賈似道而言也不是唯一的。只要賈似道在翡翠行業裏保持著自己的優勢，不管其他行業的人怎麼看，賈似道都不會太過在意。

所以，賈似道和主持司儀這麼一番討論下來，順帶也把張老爺子給拖下了水。三個人聚在一起，主持司儀有些無奈地建議道：「依我看，究竟是不是可以撤拍，賈先生，你還是跟張老先生一起商量吧。再不濟，我還可以把劉老給找過來。」

那話裏的意思，似乎只要賈似道和張老爺子能夠保持意見一致，那麼接下來的事情就好辦多了。而找劉老爺子過來，無非就是賈似道一直堅持自己的田黃石大印不僅僅只有九百多萬的價值。

即便張老爺子這會兒直接面對賈似道，賈似道也會據理力爭到底的。能在壽宴的場合中，出價到了九百五十多萬，已經是參考了萬一這東西真的是乾隆御用印這個因素了。當然，這其中還有給楊老爺子助興、張老爺子自己也非常喜歡收藏田黃石等因素。否則的話，張老爺子是絕對不會出這麼高的價格的。

細細想來，要是真要張老爺子馬上拿出九百多萬來，他的確是能夠做得到，但是在拿出這麼多資金之後，對於張老爺子接下來要辦的事情，卻會有不小的影響。

再看這會兒，作為田黃石印章主人的賈似道開始反悔了，張老爺子要花費九百五十八萬去收購這枚印章所需要冒的風險，都讓張老爺子在和賈似道短暫的交鋒中處在了弱勢。

到了最後，張老爺子對這枚印章的需求已經不像開始的時候那麼迫切了。

微微歎了口氣，張老爺子看了看賈似道，又轉而注意了一下司儀的神情。要是楊老爺子這邊真的不同意賈似道撤拍的話，過了這麼長時間，也不會還不派個人過來撐一撐場面吧？

說到底，楊老爺子的態度，似乎只是想要看看賈似道能不能玩出什麼新名堂來。

所以，張老爺子盯著賈似道，說了一句：「給我一個好一些的理由吧。可不要告訴我，你僅僅是希望這枚印章真的是乾隆御用閒章而不願意出售的。」

「說實話，我還真是這麼想的呢。」聽到張老爺子的話之後，賈似道心裏不由得鬆了一口氣。畢竟，要是真的按照「鬥寶」的規則來辦的話，賈似道只能與這枚田黃石印章失之交臂了。誰讓他在一開始的時候，不知道「鬥寶」的規矩，就直接選擇了參與呢？

趕在張老爺子發怒之前，賈似道很坦然地解釋道：「我知道，如果我這個時候，再怎麼在田黃石大印上做文章，張老您也不太會相信吧？」

見到張老爺子一副「本來就是如此」的模樣，賈似道倒是覺得眼前這個老頭也有著可愛的一面了。

「不過，除了這個理由之外，我也真的沒什麼好解釋的。」賈似道說道。剛才張老爺子詢問賈似道的理由，自然是存了想要找個臺階下的意思，他的心裏肯定已經打算放棄這枚田黃石大印了，要不然的話，賈似道也不會在對方詢問之後，就鬆了一口氣。這個時候，更多的是賈似道需要給張老爺子一個交代。

賈似道看了看展示臺上的田黃石大印，又瞥了一眼阿三的表情，似乎阿三也有所發現。這種情形，落在賈似道的眼中，無疑更加證實了自己的判斷，展示臺上的那枚田黃石大印，真的是乾隆閒章的機率是非常大的。

如果是真正的乾隆御用印章的話，其價值又何止是千萬啊。在內行人眼裏，這玩意兒至少價值兩千萬以上，而此時擺放在它邊上的冰種陽綠翡翠彌勒佛像，完全就不夠看的。

「不如，我們先請劉老來再次鑒定一下？」也許是最開始的時候，就是由劉老提出來的這件東西可能會是帝印，賈似道對於劉老的印象還是非常不錯的。

「好！」張老爺子倒也不是不近人情，笑著說道：「難道他在剛才沒有確定這玩意兒是不是屬於帝印，這個時候還會改口嗎？」

要知道，鑒定一件東西，尤其是有爭議的東西，不管是哪個行家，都不會貿然地下結論的，這可是關係到一個人名聲的大問題。所以，即便賈似道讓司儀把劉老給請過來，劉老也只是笑吟吟地看著賈似道，並沒有說出什麼讓人信服的話來。

賈似道聽著聽著，心裏不禁就有氣。似乎劉老的打算，依舊還是存了想要從賈似道這邊撿漏的心思吧？要不然的話，他也不會在一開始的時候，就故意提出這麼一個噱頭，而到了這會兒，還在用模棱兩可的話敷衍眾人。

「你怎麼看？」不得已之下，賈似道只能詢問起阿三來了。

「我又不是行家，而且，我說的話，在這種場合也不能作數吧？」阿三有些無奈地說，「再說了，我和你是一夥兒的，難道他們還看不出來嗎？」

那話裏潛在的意思就是，哪怕阿三出面作了證明，張老爺子等人也是不太會相信的。

這就好比謝老爺子給謝重的翡翠彌勒佛像出價一樣，要是他說純粹就是看中了這件佛像，和自己的孫子完全沒有任何關係的話，會有人相信嗎？

「那也總比什麼都不說來得好啊。」賈似道苦笑了一下。

「這也未必。」阿三聳了聳肩，「如果你能拖過這一段時間的話，想必楊老爺子的壽宴不會把全部的注意力都集中到你身上的。不然的話，人家還開什麼壽宴啊，直接給改成小賈你的表演晚會得了。」

「嘿嘿，這話說的，我愛聽。」賈似道明白了阿三的建議，當即就狡黠地一笑，對阿三說道：「還真沒看出來，阿三你還會有這樣的想法啊。」

「你沒看出來的地方還多著呢。」阿三卻絲毫不領情，「你小子，我不也是沒看出來，你弄的這塊泥硯，竟然能砸出一枚田黃石大印來啊。要是早知道的話，我就不要這兩件瓷器了，乾脆也在那邊找塊泥硯得了。」

「那你明天可以繼續去找啊。」也許是想明白了自己現在的處境，賈似道的心情也變得輕鬆了不少。

「明天？」阿三卻很不屑地說，「你覺得在同一家店鋪裏，會有兩塊泥硯中藏著田黃石大印的機率能有多高？」

賈似道還沒來得及回答呢，阿三就很乾脆說道：「所以，我準備去其他店鋪裏找找，看看是不是還有什麼好的撿漏機會。」

頓時，賈似道就更加無語了。

而另外一邊，劉老爺子、張老爺子、司儀在商談了一陣之後，依舊是不得門道，感覺很棘手的時候，總算當著眾人的面走向楊老爺子，去請求幫助了。在這個時候，由壽宴的主角楊老爺子出面，無疑是最為妥當的。

「既然賈先生自己願意出價，出的價格又是很規矩地沒有超過謝老的價格，這說明他並不是為了金獎、銀獎去的，也不是故意要和張先生作對，所以，依我看還是就這麼算了吧。賈先生畢竟是遠道而來的，再加上他所出的價格也比較合理，我們這些臨安的朋友們，還是要盡一下地主之誼的。」楊老爺子對著話筒說，「不過，張先生也是遠道而來的朋友，私下裏，就由賈先生給張先生一點補償好了，具體的細節還是由你們兩個自己來商量著辦。要是有什麼不滿意的，張先生到時候可以來找我。我代表『石之軒』，一定會給你一個滿意的答覆。而『鬥寶』活動嘛，既然賈先生都自己出價來收回自己的東西了，就當沒有參與過好了。銀獎的獲得者，就由原先的第三名補上，你們看如何？」

畢竟，銀獎也是有獎金的。雖然不多，卻也是楊老爺子的朋友們湊出來的一點心意。賈似道由於違反了「鬥寶」活動的規矩，自然是不能贏得獎金了，所以，楊老爺子才會有這麼一說。

不過，對於賈似道來說，能拿回自己的田黃石大印，就已經是心滿意足了。對於那個銀獎獎金，賈似道根本不在意。至於張先生，在聽到楊老爺子的保證時，原本還有些怨言的臉上，馬上就變得平靜了很多。

或許對於別人而言，楊老爺子的一句承諾沒有什麼太大的意義。但是，對於張先生這樣的行內人而言，「石之軒」的能量還是非常大的。僅僅是楊老爺子的一句話，也許就能給他帶來許多利益呢，也就由不得張先生有些喜形於色了。

「張老爺子，在下剛才的做法，的確是有些不妥，不如，就在這邊，讓我向老爺子您賠個不是？」賈似道這邊，也是先向張老先生道了個歉。不管事情做得對不對，在這種場合，只要把禮數給做到了，賈似道也就不怕其他人說什麼了。

「好！」張老先生顯然也不是一個拘泥的人，這會兒，一方面得到了楊老爺子的保證，一方面又有了賈似道給的臺階下，對於先前賈似道自己把田黃石大印給競拍回去的事情，也就這麼揭過了。

隨後，兩個人倒了一杯酒，相敬著喝了一口，爽朗一笑，一切也就盡在不言中了。

原本還在看熱鬧的眾人，一時轟然，鼓掌叫好鬧成了一片。

主持司儀趁著這個當口，高喊道：「『鬥寶』活動正式結束，金獎為謝重的冰種陽綠翡翠彌勒佛像，最終交易價格為九百八十萬元。銀獎為粉鑽……」

隨後，司儀又說了幾句場面話，就安排禮儀小姐給謝重和另外一位獲得銀獎的人各送去了一個紅包。裏面究竟是不是獎金，賈似道不知道，但可以肯定的是，裏面裝著的東西一定和「鬥寶」的獎金有關。

「現在，諸位請移步左邊的餐廳，今晚的壽宴正式開始。」主持司儀的話音剛落，左邊的餐廳裏，悠揚、輕快的樂曲就適時地響起，一股濃濃的歡慶氣氛頓時四溢開來。

一些有興致的，或者本身就是為了在場的這些珠寶玉石行業的人際關係而來的人，這會兒自然是去到了餐廳那邊，遊轉在人群之中，不亦樂乎。

而賈似道、阿三這樣的人，在整個宴會中認識的人並不多，也不太在這個時候去特意經營自己的人際關係圈子，一時間，卻也沒有走到餐廳裏去，而是選擇坐在原位上，和一些原本就相鄰的人隨意地閒談著。

雖然賈似道剛才在「鬥寶」環節中最終退出，卻依舊無損他的風光。所以，到了這個時候，有些不認識的人也走到賈似道身邊，先混個臉熟。尤其是一些消息靈通的人士，自然知道賈似道的「綠肥紅瘦」的格局了。如此一來，賈似道倒也沒得到多少清靜。

反倒是阿三、楊帆兩個人，坐一邊笑著看賈似道忙於應酬。

到了最後，連楊老爺子也硬拉著賈似道喝了一杯。不光是因為賈似道今天晚上很出彩，更多的，還是因為陪在楊老爺子身邊的楊思懿吧？

這個時候，楊老爺子依舊是整個會場中最為耀眼和風光的人。在他的身邊作陪的，就是楊思懿，此外還有金獎得主謝重以及另外幾個年輕人。那些隨著年紀的增長，財富也隨著增長的長輩們，這個時候就不方便跟隨在楊老爺子這個壽星公的身邊了。

而賈似道對於楊思懿邊上的幾位年輕人對自己有些敵意的目光，完全不放在心上。賈似道看向楊老爺子和楊思懿的時候，也是坦然得很。

只有楊老爺子在喝完酒之後，小聲對賈似道說了一句：「小夥子，不錯。有時間的話，明天到『石之軒』來，商談一下合作的事情吧。」

這才讓賈似道的眼睛不由得一亮。他再看向楊老爺子身邊的楊思懿，這個時候也是頗有默契地打量了他一眼。賈似道不由得就回敬了她一個會心的眼神。這其中的深意，恐怕是楊思懿覺得把一些年輕俊傑仇視的目光引到了賈似道的身上，讓賈似道受到一些無妄之災，而感到對他有些歉意吧。而賈似道的目光，則表明他對此無所謂。

為了能和「石之軒」合作，幫楊思懿擋一下諸多年輕人的追求，成為一個暫時的擋箭牌，賈似道倒是非常樂意的呢。

賈似道可不覺得，這些追求楊思懿的人，會因為賈似道的出現，而追到臨海那邊去給他找麻煩。

「謹以此杯，祝賀楊老福如東海長流水，壽比南山不老松。」說罷，賈似道當著楊老爺子的面一飲而盡。賈似道心裏有了幾分激動，可以看得出來，楊老爺子今晚的心情明顯很不錯。興許，到了明天進行合作談話時，也會因為賈似道今晚亮眼的表現，氣氛變得更加輕鬆吧。這不正是賈似道事先希望得到的結果嗎？反倒是楊思懿，也跟隨著楊老爺子的舉動，淺笑盈盈地朝賈似道敬了一下，那婀婀婷婷優雅的身姿，讓賈似道的心中禁不住就是一陣怦然。特別是楊思懿性感而誘惑的紅唇，跟高腳杯的杯口接觸的那一個瞬間，想必周圍的不少年輕人，都恨不得自己就是那個酒杯吧。

楊思懿卻覺得，似乎這樣的一個舉動還不夠，在紅酒傾入檀口之後，香舌還輕輕地舔了一下粉唇，那種很自然的回味動作，看得賈似道也是一陣心猿意馬。

待到楊老爺子的壽宴散場時，已經是大半夜了。

賈似道和阿三兩個人都有不虛此行的感覺，尤其是在壽宴上，不但正式確認了與楊家合作的事情，也意外地和張老爺子建立了翡翠行業合作的關係，張老爺子名叫張狂，在北京開有翡翠店鋪，這可是一個大市場，雙方很快交換了聯繫方式，賈似道允諾會出售一批極品翡翠給張狂。

第二天，賈似道和阿三啟程回臨海，賈似道惦記著要找幾個專家，確認一下手中這枚田黃石大印是否是乾隆御用印。不算上翡翠收藏，這枚印章一旦確認，那就算得上是賈似道古玩收藏中數一數二的重品了。

回去的路上，賈似道接到了李詩韻的電話，美女姐姐的細語叮嚀，讓賈似道腦海中浮現出了一個絕世姿容，隨即再也揮之不去。這一趟回去，看來要加緊落實自己的終身大事了，自己和李詩韻也算是情投意合，這樣的姻緣不能再拖，也不容許自己錯過了。

想到這裏，賈似道不由得嘴角牽扯出一絲微笑，對著天空，暗自地攥了攥拳頭，輕巧而有力地揮了一下，嘀咕了一句：下一站，省城！

全書完

古玩人生 之9 鬥寶大賽【大結局】

作者：鬼徒
發行人：陳曉林
出版所：風雲時代出版股份有限公司
地址：105台北市民生東路五段178號7樓之3
風雲書網：http://www.eastbooks.com.tw
官方部落格：http://eastbooks.pixnet.net/blog
Facebook：http://www.facebook.com/h7560949
信箱：h7560949@ms15.hinet.net
郵撥帳號：12043291
服務專線：(02)27560949
傳真專線：(02)27653799
執行主編：劉宇青
美術編輯：許惠芳

法律顧問：永然法律事務所 李永然律師
北辰著作權事務所 蕭雄淋律師

版權授權：蔡雷平
初版日期：2017年1月
初版二刷：2017年1月20日
ISBN：978-986-352-373-4

總 經 銷：成信文化事業股份有限公司
地　　址：新北市新店區中正路四維巷二弄2號4樓
電　　話：(02)2219-2080

行政院新聞局局版台業字第3595號 營利事業統一編號22759935

定價：280元　特價：199元

國家圖書館出版品預行編目資料

古玩人生／鬼徒 著. --初版-- 臺北市：風雲時代，
2016.08 -- 冊；公分

ISBN 978-986-352-373-4（第9冊；平裝）

857.7　　105012837